Vliegende Schotels
Een sciencefictionroman

Richard G. Hole

Sciencefiction en fantasie

KORTE INHOUD

Langzaam werden de zogenaamde Vliegende Schotels steeds actueler. Want het was niet het vluchtige visioen van een ongeschoolde boer die had gedacht dat hij een vreemd vliegend object op zijn boerderij zag. Mannen van erkende solvabiliteit en gezond verstand beweerden ook hen te hebben gezien. Vooral in het zuidelijke deel van het Amerikaanse continent, met name in Argentinië, Chili en Brazilië.

Vanaf hier zetten astronomen, natuurkundigen en vele wetenschappers hun specifieke ervaringen opzij over vluchtige visioenen en zelfs foto's die waren verkregen van de vliegende schotels …

Vliegende schotels is een verhaal dat behoort tot de Science Fiction-serie, een verzameling sciencefiction- en fantasyromans

VLIEGENDE SCHOTELS

3

HOOFDSTUK I

Het is een voor de hand liggende waarheid, maar er moet voortdurend aan worden herinnerd: de aarde is niet de enige in het heelal.

Alles is hoogstens een minuscuul punt in Infinity, waar de eeuwige lichten van de sterren hun danspasjes volgen. In die onvermoeibare dans verzamelen ze zich in de Spiralen, in de Bolvormige Conglomeraten en in de talloze Melkwegen.

Dit alles vormt de kosmos: het heelal.

Elke Melkweg is een grote familie van sterren, waarin enkele miljarden sterren zijn gegroepeerd. Elke ster is een zon en op zijn beurt heeft elke zon zijn planeten als kinderen.

Elke planeet kan een aardachtige wereld zijn. De mogelijke kosmische bewoners kunnen op duizend manieren zijn of op duizend manieren worden gevormd, volgens hun eigen omgeving: met hun eigenaardige kenmerken.

Als je hier aankomt, raakt de verbeelding uitgeput.

De mens weet dit alles, hij voelt tenminste het bestaan ervan. Maar hij is verdwaald in het Hiernamaals en is doodsbang, dus neemt hij het naïeve beleid van de struisvogel over, zijn onwetendheid verbergend in de Olympische vergetelheid, zo niet, al deze mogelijkheden absurd ontkennend.

Maar het is een vergetelheid waaruit het door de gang van zaken periodiek moet komen. Vanaf 1945 begonnen deze gebeurtenissen te gebeuren, eerst geleidelijk en daarna, beetje bij beetje, in fasen, maar met grotere continuïteit; Op de aarde begonnen hier en daar en blijkbaar op een grillige manier vreemde vliegende objecten te zien, die de journalisten Flying Saucers noemden, misschien vanwege hun bolvorm.

De Tweede Wereldoorlog was onlangs afgelopen en de data vielen ook samen met het verschijnen van de eerste straalvluchten. Moderne vliegtuigen vlogen met supersonische snelheden en, over het algemeen,

"

slecht geïnformeerde mensen geloofden dat het nieuwe experimentele vluchten waren, uitgevoerd door enkele van de grootmachten.

Maar langzaamaan werden de zogenaamde vliegende schotels actueler. Want het was niet het vluchtige visioen van een ongeschoolde boer die had gedacht dat hij een vreemd vliegend object op zijn boerderij zag. Mannen van erkende solvabiliteit en gezond verstand beweerden ook hen te hebben gezien. Vooral in het zuidelijke deel van het Amerikaanse continent, met name in Argentinië, Chili en Brazilië.

Van hieruit legden astronomen, natuurkundigen en vele wetenschappers hun bijzondere ervaringen opzij over vluchtige visioenen en zelfs foto's die van de Vliegende Schotels waren verkregen. De roddelpers herhaalde dergelijke verhalen en het kan worden gezegd dat ze een moord hebben gepleegd. Er was een columnist die begon te schrijven over de mogelijkheid dat de marsmannetjes ons wilden bezoeken en op die vluchten hun eerste contacten legden.

Dit alles veroorzaakte een formidabele controverse en gedurende enkele maanden werd er niets anders besproken. Velen hadden plezier, anderen speculeerden, en slechts weinigen namen het serieus. De meesten van hen beefden van binnen, hoeveel ze ook zeiden om niet voor laf of angstig door te laten gaan.

Maar de vraag bleef staan. Bestonden vliegende schotels echt?

Het was aan de autoriteiten van de grote mogendheden om over de zaak te beslissen, maar hoe onlogisch het ook mag lijken, deden ze niet. Ze beperkten zich tot de mededeling dat geen van hen vliegexperimenten uitvoerde, die niet al bekend waren en ook door andere landen werden uitgevoerd. Bijgevolg hadden ze niets te maken met die fantasie van de vliegende schotels, die heel goed slechts illusies van de onwetenden zouden kunnen zijn, of verschijnselen bij het observeren van de atmosfeer.

Naarmate de luchtspiegelingen zich echter steeds meer vermenigvuldigden, werd er nog steeds over de Vliegende Schotels gesproken. Al snel waren er duizenden mensen bereid te beweren dat ze de vreemde vliegende objecten hadden gezien. Zelfs af en toe komt er een slimme of leergierige persoon naar voren die alle onsamenhangende verhalen bij elkaar bracht en boeken over de zaak publiceerde. Boeken die in zorgvuldige oplagen werden verkocht en die de meest besproken en becommentarieerde bestsellers van hun tijd werden.

De belangstelling van de mensen begon echter rond het jaar 1965 af te nemen, aangezien de marsmannetjes niet besloten om op aarde te landen. Twintig jaar is een lange tijd voor mensen om hun aandacht bij hetzelfde te houden, vooral wanneer het dagelijkse leven vraagt om meer tastbare en concretere dingen.

En dat de Vliegende Schotels in die twintig jaar niet zijn opgehouden met hun periodieke optredens op vele plaatsen. Zelfs op de Parijse luchthaven Orly moesten op een bepaalde dag in juni 1960 vijf lange uren de vluchten van en naar de Franse hoofdstad worden onderbroken, omdat, zonder enige verklaring, verschillende ongeïdentificeerde vliegende objecten hoog boven de luchthaven bleven.

Alsof ze naar hem keken!

Ze kwamen onverwachts aan en vertrokken op dezelfde manier, vijf uur later. Rond die tijd had zich ook een ander, niet minder merkwaardig en verrassend geval voorgedaan. Een Britse BEA-piloot, toen hij zijn grote jet vol passagiers aanvoerde, zag oranje en blauwe lichtstralen voor het vliegtuig, die hij aanvankelijk als brekingen van de zon beschouwde. Maar hij moest al snel van gedachten veranderen, toen zijn De copiloot aangaf dat een zilverkleurig bolvormig schip voor hen uit vloog, met hoge snelheid en zonder enig signaal te geven.

Gealarmeerd konden dezelfde passagiers het vreemde vliegende object zien dat, ondanks het dragen van de dubbele supersonische snelheidsstraal, in een enkele seconde uit hun zicht verdween en opsteeg naar de lucht.

De zaak van de Noord-Amerikaanse piloot Perry Lhomar werd ook geregistreerd, de dag dat hij, terwijl hij over Fort Knox vloog tijdens zijn wacht over de Amerikaanse schatkist, via de radio aan de basis meedeelde dat er iets vreemds en onbekends vloog over de plaats waar meer goud is opgeslagen. in de wereld. Die piloot vroeg toestemming om het vliegende object te achtervolgen en dapper steeg Perry Lhomar met zijn zeer snelle X-15 op zonder het te kunnen bereiken.

Het viel gewoon in de lucht uiteen en bereikte een hoogte en snelheid die het uithoudingsvermogen van zijn X-15 onbetaalbaar maakten.

Een paar maanden later kwam al het andere...

De versie dat enkele marsmannetjes op een vlakte in Mexico waren geland. Die van enkele verkoolde gewassen op een bepaalde plaats in Australië, met alle tekenen dat een ruimtevaartuig daar was geland. En, naast ander nieuws ook over Flying Saucers, de verwarrende verklaring van een zekere Ralph Mayer die beweerde met twee vreemde karakters van amper een meter hoogte te hebben gesproken, nadat hij ze had zien neerdalen van zijn Flying Saucer in de koude bergen van de Hooglanden , ten noorden van Schotland.

Tegen die tijd was er al een man in een baan om de aarde gebracht en de Russische Gagarin behoorde tot de geschiedenis van de baanbrekende astronauten. De ervaringen in deze volgorde vermenigvuldigden zich snel in de volgende jaren en geen van de astronauten kon beweren andere ruimtereizigers te hebben ontmoet.

Echter, ondanks duizenden gevallen zonder mogelijke verklaring, werd een internationale instantie opgericht, die besloot om het acroniem UFO te gebruiken, om alle gegevens te verzamelen en alles wat verwijst naar Unidentified Flying Objects grondig te bestuderen.

Degenen die verantwoordelijk waren voor UFO's gaven opdracht tot het uitvoeren van diepgaande onderzoeken, uitgevoerd met zoveel geheimhouding dat, twintig jaar later, al rond 1985, niemand in een serieuze discussie kon verzekeren of de Vliegende Schotels een realiteit waren of, simpelweg, alles puur was fantasie.

In één woord: alles was hetzelfde als in 1945, toen veertig jaar geleden enkele bewoners van de aarde de eerste alarmbellen sloegen en verzekerden dat ze ongeïdentificeerde vliegende objecten hadden gezien.

Nou, niemand kon je verzekeren dat UFO's niet bestonden, behalve enkele van de hoge hoofden van die Internationale Organisatie ...

Maar tussen hen in rechtvaardigden ze hun stilzwijgen, zodat de bewoners van de aarde niet zouden schrikken, wat een ware ramp zou veroorzaken.

Ja, het was waar dat de aarde werd bezocht door vreemden van de planeet. En het meest verrassende was dat die bezoeken niet alleen teruggingen tot de laatste twintig of veertig jaar. De onderzoekers werkten goed en het rapport dat ze aan een kleine groep mensen presenteerden, was overtuigend.

Blijkbaar, en volgens een diepgaande studie van alle gegevens, hadden de niet-geïdentificeerde vliegende objecten hun periodieke bezoeken aan de aarde gebracht gedurende ... MEER DAN ACHT DUIZEND JAAR!

Deze verrassende conclusie werd bereikt na bestudering en analyse van de oude teksten van oude beschavingen, die al verloren waren gegaan in de lange nacht. In China, vijfduizend jaar voor Jezus Christus, waren er al vage verwijzingen naar bepaalde Flying Chariots die met grote snelheid door de lucht vlogen. Deze verwijzingen kwamen overeen met die van de oude Veda's van India, die op hun beurt dergelijke verschijnselen citeerden in hun heilige boeken, geschreven in het Sanskriet.

In diezelfde Bijbel waren, na het doorbladeren en zorgvuldig bestuderen, ook verwijzingen in deze zin te vinden, die later zouden kunnen worden gespreid met de teksten van de Egyptische schriftgeleerden, toen ze hun composities maakten in opdracht van de machtige farao's.

Later, al in de tijd van de vruchtbare Griekse beschavingen, waren er in veel epische en religieuze gedichten opnieuw symbolisch verwijzingen naar Flying Chariots die over mannen gingen, zoals ze toen geloofden, geleid door al dat stel kleine Griekse godinnen, van waar hun mythologie zo vol van is. Dezelfde wagen getrokken door het pittige paard Pegasus, zwevend in de lucht, zou het niet uit het visioen van een UFO kunnen zijn gekomen?

De mars van de grillige Mercurius, die op zijn snel rijdende wagen naar de berg Olympus opsteeg, betekende dit niet ook het vluchtige visioen van die fantasierijke mensen, van een of andere Vliegende Schotel?

En al in de Middeleeuwen namen de vage verwijzingen naar dergelijke verschijnselen toe, hoewel elke schrijver en elk land zijn eigen specifieke manier aannam om ze te interpreteren; vuurballen stijgen en dalen uit de lucht; Meteorieten die met hoge snelheid afdaalden en het einde van de wereld aankondigden, die nooit kwam, omdat, eenvoudig en onverklaarbaar, toen het leek alsof ze met de aarde zouden botsen, ze weer opstonden om zichzelf te verliezen in de oneindige paden van de kosmos .

Meer Vliegende strijdwagens verschenen in de middeleeuwse literatuur in een grote overvloed aan geschriften, ze werden door de eeuwen heen geciteerd. Tot in 1945, toen de mannen uit hun verschrikkelijke Tweede Wereldoorlog kwamen, begonnen ze dapper te schrijven over de mogelijkheid van het Marsbezoek.

Dat had allemaal geen zin, als je niet op zoek was naar een gemeenschappelijk motief: vliegende schotels of niet-geïdentificeerde vliegende objecten.

Er waren de UFO's, de mysterieuze buitenaardse objecten die een realiteit waren.

Natuurlijk, waar kwamen ze vandaan? Uit welke hoek van het heelal kwamen ze? Hoe zag je bemanning eruit? Wat waren je bedoelingen? Waarom keken ze al duizenden jaren naar de aarde? Waarom werden ze niet openlijk gezien? Wilden ze het binnenvallen, of zouden ze zich beperken tot het domineren van de bewoners, uit angst voor het hogere, voor het onbekende?

Er waren zoveel vragen om te beantwoorden, zoveel suggesties over het probleem, dat het, om geen verwarring en angst te creëren, nodig was om het geheim van bevestiging angstvallig te blijven verbergen. De officiële centra bleven ontduikingen of min of meer wetenschappelijke verklaringen geven; het punt was niet om de hele waarheid te zeggen.

Het was nodig om te voorkomen dat massahysterie de bewoners van de aarde zou overnemen. De grote massa kon niets oplossen met haar meningen en ze verergerde de situatie nog meer als ze in paniek reageerde. De beslissingen kwamen overeen met de Centrale Galactische Regering en zelfs binnen de Internationale Organisatie die het geval van UFO's bestudeerde, waren veel leden niet op de hoogte van wat er gebeurde.

Allereerst, toen het bestaan van de niet-geïdentificeerde vliegende objecten eenmaal was bevestigd, was het handig om te weten wat de bedoelingen waren van die mysterieuze buitenaardse bezoekers.

En dat moest ik nog ontdekken...

HOOFDSTUK II

De hoge hoofden van de Centrale Galactische Regering telden, om hun geheim te blijven verbergen, met de bijzondere neiging van de mens.

Ze wisten dat de bewoners van de aarde, hooguit periodiek uit de lethargie van hun verveling, hun eentonige leven en hun gemeenheid, hun problemen, naar de hemel opkijken en het universum in twijfel trekken, in een poging om in zijn mysteries te graven.

Maar als ze dat doen, krijgen de gewone bewoners van de aarde meer angst dan nieuwsgierigheid, meer achterdocht dan wetenschappelijke gretigheid en ook, waarom zou je het niet zeggen?, Meer verlangen dat voor hen alles hetzelfde blijft en niemand hen komt vertellen dat in Die heldere vlekken die je met het blote oog kunt ontdekken, in die sterren, in die verre zonnestelsels en in deze sterrenstelsels, kunnen andere rationele wezens bestaan.

Dat is iets waar ze meestal niet blij mee zijn en vaak maken ze grappen over een dergelijke mogelijkheid, omdat het impliceert dat er, in elke uithoek van het heelal, een buitenaards ras, elke fantastische superbeschaving, kan bestaan en besluiten ons te komen bezoeken.

De gemiddelde man houdt hier niet van. Hij heeft lang geloofd dat hij de koning van de schepping is en de mogelijkheid dat hij dat niet is, maakt hem woedend. Het vernedert hem ook, vernedert hem en laat hem veranderd in slechts een staaltje van de wonderbaarlijke verscheidenheid van het leven.

De mensheid wil de koningin van het universum blijven en wijst instinctief en misschien ook arrogant alle mogelijke concurrentie af. Zijn reactie is die van het verwende kind dat de komst van het nieuwe broertje ziet, een afname van de genegenheid van de ouders.

infantilisme!

Om deze reden is de mens in het algemeen niet geneigd om de mogelijke bewoners van andere werelden op een vriendelijke manier te ontvangen. Integendeel, hij beschouwt ze bij voorbaat als schadelijke,

schadelijke en potentiële vijanden voor hem. Daarom wil hij ze maar al te graag afwijzen, als ze ooit zijn geliefde wereld durven te benaderen.

In mindere mate en bij wijze van voorbeeld is dit het interne conflict van de mensenrassen geweest.

Ze hebben elkaar altijd afgewezen, zelfs stammen en volkeren van hetzelfde ras.

De verre oudheid vertelt ons over de strijd tussen Assyriërs en Babyloniërs. Tussen Egyptenaren en Hettieten. Tussen Perzen en Grieken. Tussen Romeinen en Barbaren. Tussen Carthagers en Romeinen. Tussen Vikingen en Noormannen. Tussen Frans en Engels. Tussen Spaanse en inheemse volkeren, toen de Amerikaanse kolonisatie.

Eeuwenlang nam elk ras, elk volk de wapens op met de innige overtuiging dat ze gelijk hadden. En elke strijd die tegen de vijand werd gewonnen, werd toegeschreven aan een geschenk uit de hemel.

Tot een goddelijke genade.

En God, gekweld, maar zonder tussen te komen in deze broederstrijd, bleef hen aan hun vrije wil overlaten, totdat ze zelf, geleid door hun rede, zich uiteindelijk verenigden in een gewoon volk en het gevoel hadden dat ze allemaal kinderen van moeder aarde waren.

Ja, alle kinderen van dezelfde planeet, waarom zouden we elkaar niet leren begrijpen?

Met het verstrijken van de tijd begon de mens het te begrijpen en werd zijn planeet gepacificeerd en vormde de Centrale Galactische Regering. Wit of zwart, geel of koper zijn, werd eerder als het geografische resultaat beschouwd dan als een reden voor onenigheid.

Ook de andere kleine verschillen werden overbrugd.

Maar nu zou hij opnieuw moeten beginnen. Nu zou hij mogelijk moeten vechten tegen buitenaardse wezens.

Tot hij andere planeten, andere werelden en andere sterrenstelsels koloniseerde, of totdat ze hem tot slaaf maakten...?

* * *

Geconfronteerd met een dergelijke verantwoordelijkheid kwamen de hoge hoofden van de Galactische Centrale Regering bijeen, de laatste conclusies van degenen die zorgden voor de studie van UFO's eisten dit.

En in zijn hoedanigheid van minister van Defensie stelde luitenant-generaal Paul Quiin met zijn karakteristieke energie voor:

"Genoeg ruzie heren! Wat we moeten doen, weten we allemaal heel goed. Vernietig die verdomde vliegende schotels!

Er klonk een gemompel door de hele kamer en ten slotte vroeg de langzame stem van de atomaire wijze Curt Hartman met een lichte glimlach:

'Heel goed, generaal Quiin. Maar... wil je ons vertellen hoe?

Zichtbaar overstuur antwoordde generaal Paul Quiin:

'Die vraag is grillig, professor Hartman. We hebben wapens die krachtig genoeg zijn om het te doen! En jij weet het!

'Bedoelt u onze atoomkanonnen, generaal?

De laatste tijd kende iedereen de vriendschap tussen de energieke generaal Paul Quiin en de gemakkelijke professor Curt Hartman. Daarom waren ze niet verrast toen de minister van Defensie met dezelfde ironie antwoordde:

"Precies, professor! Ik verwees naar onze atoomwapens bij de vervaardiging waarvan u juist zo veel betrokken bent geweest.

"Daarom weet ik dat ze niet effectief zullen zijn.

Deze keer was het niet generaal Quiin die antwoordde, toen de minister van bewapening Sean Buttons, die hem informeerde, hem even verbaasd voorging als de rest van de aanwezigen:

'Suggereert u dat onze atoomwapens ondoeltreffend zullen zijn tegen die vliegende schotels, professor Hartman?

"Dat veronderstellen, is zoveel als toegeven dat we weerloos zijn", zei iemand anders.

"Het is stom! "Weer een andere stem afgewezen." Er kan niets bestaan dat een atoomexplosie kan weerstaan!

Professor Curt Hartman hief zijn gemanicuurde handen op en smeekte, met zijn langzame stem, terwijl hij iedereen aankeek:

"Rustig, vrienden! Ik heb niet gezegd dat deze ruimteschepen onkwetsbaar zijn voor een atoominslag. Ik ben een man van de wetenschap en ik weet heel goed dat alle materie, hoe hard en resistent het ook is, kan worden gedesintegreerd ...

" Vervolgens...?

"Ik heb me beperkt tot het zeggen dat het niet effectief zou zijn. Het is niet hetzelfde!

Waarom niet? Generaal Quiin keerde terug naar de aanklacht.

"Omdat... Wat zouden we winnen door een of twintig van die schepen te vernietigen, in het geval dat onze atoomkanonnen ze zouden kunnen verrassen en raken?

"Geef ze een goede les! Geef aan dat we niet bereid zijn om ze rustig in onze ruimte te laten lopen! En veel minder, laat ze dicht bij de aarde komen!

'Bah! Dat doen ze al duizenden jaren, generaal Quiin. Of heeft hij de UFO-rapporten niet gelezen?

"Ik heb ze gelezen! Maar met dat deel ben ik het niet eens. Ik weiger te geloven dat deze vliegende schotels de aarde al duizenden jaren observeren.

"Het rapport is zeer nauwgezet", merkte professor Hartman met enige ironie op. Ik vind het vooral erg geslaagd.

"Uiteindelijk maakt dat ons nu weinig uit", opnieuw de minister van Bewapening, Sean Buttons kwam tussenbeide. Wat ons interesseert, zijn zijn laatste conclusies. Wetende dat UFO's een realiteit zijn!

'Integendeel, meneer Buttons' onderbrak professor Hartman hem. "Weten dat ze ons al duizenden jaren observeren, is erg belangrijk. Veel!

"Omdat? Het dringende is nu! De zekerheid dat ze dat nu doen!

Professor Curt Hartman richtte zijn levendige, zweeploze ogen op de minister van Bewapening en zei:

'Je lijdt aan een beoordelingsfout, beste vriend. Velen van jullie hebben er last van, zie ik!

"Wil je jezelf uitleggen, professor?

"Met plezier, meneer Buttons... Met plezier!

De rust van die man was irritant. Ze bespraken zo'n vitale en dringende vraag, en toch leek hij er plezier in te hebben hun antwoorden te verlengen. De glimlach verscheen weer op haar dunne lippen toen ze eraan toevoegde:

"Ik herhaal dat de conclusies van de UFO correct zijn en dat ik het als vanzelfsprekend aanneem dat deze buitenaardse wezens ons al duizenden jaren observeren. Dit houdt in dat ze in verre tijden een geavanceerde techniek hadden die in staat was om onze planeet te naderen.

Hij pauzeerde even, voordat hij verder ging, nadat hij iedereen had bekeken:

'Daar kunnen veel dingen uit worden afgeleid, heren... Veel! En een daarvan is dat ze ook atoomwapens moeten bezitten. Of nog krachtiger!

Er heerste stilte en met een zekere glimlach eindigde hij:

'Vindt u dat niet logisch, heren?

'Nou, professor Hartman... Dus wat? 'Zei eindelijk generaal Paul Quiin.' Als het moet, vechten we!

Professor Curt Hartman wendde zich opnieuw tot hem en herhaalde:

"Te strijden...? Hoe en tegen wie?

"Tegen die vliegende schotels of die UFO's!

'Nou, weet u of de bemanning van die schepen echt onze vijanden zijn?

"We weten ook niet of het vrienden zijn. Maar ze vallen onze ruimte binnen! Dat is symptoom genoeg om u serieus te waarschuwen.

'Een schoon schot, generaal Quiin?

'Waarom niet, professor?

"Om vele redenen: een van hen, omdat we niet weten hoe ze kunnen reageren. Tot nu toe hebben we ze niet lastig gevallen en hebben ze ons niets aangedaan.

"Vergeet één ding, professor Hartman; Tot nu toe wisten we niet zeker of het schepen waren die buiten de aarde waren gebouwd.

Curt Hartman leek de discussie op te geven en gaf toe:

"Akkoord! Goed, generaal Quiin! Laten we gek genoeg zijn om de oorlog te verklaren aan een ander buitenaards ras, waarvan we niets weten, behalve de zekerheid dat ze een techniek hebben die veel geavanceerder is dan de onze. Laten we gek genoeg zijn om de de hele aarde in een mogelijke catastrofe!En laten we ook zo stom zijn om een poging tot vriendelijke toenadering te vernietigen door die wezens die, zeker, als ze dat hadden gewild, ons al lang geleden zouden kunnen vernietigen!

Het verhaal van de bejaarde professor Curt Hartman had het gewenste effect op de aanwezigen. En al snel werd de stem van president Leo Proebe gehoord toen hij toegaf:

'Ok, professor Hartman. Wat stelt u voor?

Deze keer stelde de kalme professor zijn antwoord niet uit door heftig uit te roepen;

"Vrede...! Begrip...! Begrip!

Vanuit een hoek in de grote kamer vroeg iemand;

'Wat als ze het niet zo willen, professor?

Zijn hoofd daar scherp omdraaiend, bevestigde de ondervraagde:

"Ze hebben al laten zien dat ze het zo willen. Ik herhaal dat ze ons al zouden hebben vernietigd, als ze dat hadden gewild!

'U heeft een buitensporig vertrouwen in deze mysterieuze wezens, professor Hartman.

"Ja! Kun je ons vertellen waarom?

Professor Curt Hartman leek te aarzelen en keerde terug naar zijn ontspannen manier van spreken en zei:

'Nee... ik kan je niet vertellen waarom ik in hen geloof. Althans, met solide en aantoonbare argumenten. Maar mijn geloof is intuïtief... ik zou zeggen deductief, heren!

"Waarom deductief?

"Neem even de tijd om een beetje na te denken en je zult ook afleiden: wezens die een graad van perfectie hebben bereikt in de techniek die in staat is om door de buitenruimten te reizen, moeten noodzakelijkerwijs behoren tot een superbeschaafd volk. En voor zover ik weet , beschaving is altijd aan het verbeteren, niet brutaliserend.

"Op vermeende gronden oordelend, professor Hartman" sprak opnieuw de energieke minister van Defensie, Paul Quiin. Die redenering geldt voor het menselijk ras. Maar is het geldig voor hen? Deze wezens, wie ze ook zijn, reageren ze hetzelfde als wij? Hebben ze dezelfde concepten over moraliteit? Dezelfde ideeën over goed en kwaad?

'Je moet erop vertrouwen dat dit het geval is, generaal Quiin.

Wat als we het mis hebben? En als we ze met dezelfde menselijke maat beoordelen, wat is dan niet de hunne?

"Dat risico zullen we moeten nemen.

" Ik ben het er niet mee eens!

Opnieuw werd de discussie verhit en zelfs gewelddadig en, wie nog minder, raakte opgewonden en stond op van zijn stoel en legde dezelfde angsten bloot als generaal Paul Quiin, die opnieuw terrein won van professor Curt Hartman. Onmiddellijk realiseerde hij zich dat hij en zijn aanhangers overweldigd werden, dus begon hij te schreeuwen:

"Gek! Je zult het menselijk ras leiden tot collectieve zelfmoord!

Als de huidige president van de centrale regering van Galáxico eiste Leo Proebe stilte en kondigde aan:

"Er wordt gestemd!

Zijn zenuwen gebroken, in de veronderstelling dat hij verslagen zou worden, wendde professor Hartman zich tot de president en explodeerde:

"Dat is belachelijk, meneer de president! Er zijn dingen die niet in stemming gebracht moeten worden door de cretins!

Zijn beledigende woorden veroorzaakten een nieuw tumult met woedende protesten totdat de president hem verving

'Alstublieft, professor Hartman! Wees meer terughoudend. Elk van de hier verzamelde mannen verdient uw respect,

'Nee, als ze zich als dwazen gedragen! Het democratische stemsysteem heeft meer dan eens tot rampen geleid. Ik lach om de humor van het menselijk ras! Het is vies!

En te midden van een schreeuw van protesten verliet hij de vergadering, binnensmonds mompelend:

"Jullie idioten! Ik zal het plan moeten wijzigen... Ze zullen me dwingen ze allemaal te vernietigen!

Toen, al op straat en rustiger, dacht hij weer na:

"Ik zal het raadplegen...

HOOFDSTUK III

Lise Borg zette de automatische piloot aan en maakte zich geen zorgen meer over het voertuig.

Het meisje had volledige beveiliging in het elektronische systeem dat het drukke verkeer regelde, door middel van een oneindig aantal fotocellen, die elke keer dat een bestuurder zijn automatische piloot aanzette in werking trad. Dankzij het ingenieuze systeem waren de verkeersongevallen in de afgelopen honderd jaar tot een minimum beperkt. Praktisch gezien kon geen enkel voertuig met een ander botsen omdat de foto-elektrische cellen effectief op de remmen inwerkten, waardoor de auto die de voorkeur had, kon passeren zonder snelheid te verminderen.

Rollovers of afleiding op de snelwegen waren ook volledig onmogelijk; Het magnetisme van de baan werkte zodanig op de wielen dat, zelfs als het voertuig in volledige bewegingsvrijheid werd gelaten, het de auto niet toestond het te verlaten, tenzij de overeenkomstige besturing niet werkte om vrij te zijn van die magnetische kracht.

Die veiligheid was het resultaat van de techniek en wetenschap die de mens had bereikt om zijn constante ontwikkeling op de oude planeet die hij bewoonde te verbeteren.

Van de afdeling Akoestiek tot het Prestwich Astrodrome, Lise Borg wist dat er meer dan twintighonderd mijl waren en met haar blauwe ogen staarde ze naar het landschap dat langs hen raasde. Zeer groene weiden, zeer verre bergen met blauwe en bruine tinten en af en toe groepen bomen die de nabijheid van een boerderij, een gehucht of een collectieve boerderij aankondigden.

Dat rustige leven, landelijk en vredig, weg van de constante drukte van de grote stad, waar iedereen haast leek te hebben en altijd de seconden telde, alsof ze zouden sterven.

Zoals zij deed, Lise Borg.

Natuurlijk, toen ze de vrouw van kapitein Blay Farrell was, zou alles voor haar veranderen. Hij was gestationeerd op het Prestwich Astrodrome en ze zou voor altijd de luidruchtige afdeling Akoestiek waar ze werkte verlaten. Daar was alles lawaai, ingewikkelde apparaten om te meten, te controleren en de intensiteit ervan te kennen; oscillerende weergaven die zijn vastgelegd in grote grafieken hertz, die frequentie-eenheden die gelijk zijn aan één trilling of cyclus per seconde

Wat deden de geluiden voor haar? Sinds hij kapitein Blay Farrell kende, toonde hij alleen interesse in wat zijn viriele lippen produceerden als hij woorden van liefde tot hem sprak. An I Love You van Blay Farrell was het volledige scala aan geluiden waard dat tijdens zijn stuntcarrière op zijn computer kon worden opgenomen.

Hoewel, om eerlijk te zijn, Lise Borg moest toegeven dat het beklijvende gevoel van liefde haar juist had bereikt, door de studie van geluiden.

Hij herinnerde zich die dag perfect, hij zou hem nooit vergeten. Ze stond voor haar gecompliceerde computer en registreerde de intensiteit van enkele trillingen, toen een mannenstem achter haar klonk en zei:

"Hé, blondine, wil je me vertellen waarom ze ons in godsnaam deze dagvaarding hebben gestuurd?

Lise Borg had zich boos omgedraaid om de ongelegen bezoeker aan te kijken en tegen hem te schreeuwen dat hij uit haar lab moest komen. Maar in het bijzijn van die man, zonder te weten waarom, stopte hij zijn impuls en kon hij alleen blijven met zijn mond half open.

Als een dwaas schoolmeisje!

Toen hij bijkwam, liep hij naar de lange man met brede schouders in het uniform van een kapitein van de ruimtemacht. Ze voelde zich van top tot teen door hem bekeken en ze kon ook waarderen dat hij weerbarstig haar had, bruine en grijze ogen, met doordringende pupillen.

Verward bloosde ze bij de bewonderende observatie van de man, die het formulier in zijn hand liet zien, terwijl ze zei:

'Op welke dagvaarding doelt u, kapitein?

"Dit! Ik vind dat het niet opportuun is!

Ja; Lise Borg herinnerde zich die ontmoeting met Blay Farrell nog heel goed. En nu, terwijl ze in zijn armen rende, glimlachte ze, denkend dat het niet meer dan normaal was dat ze zo verliefd op hem was. Die middag was hij erg arrogant en aantrekkelijk, ondanks zijn woede over de oproep naar de afdeling Akoestiek,

Ze herinnerde zich ook dat ze bij haar uitroep verwijten kon maken:

'De enige ongelegen hier bent u, kapitein! Hij had deze kamer niet mogen betreden, ik was aan het werk en met zijn dreunende stem heeft hij alles verpest. De opname van het geluid dat ik aan het analyseren was...

Maar hij liet haar niet uitpraten en zwaaiend met zijn bruine handen sneed hij af:

'To the point, blondie, ik kwam hier binnen omdat een meisje me vertelde dat jij de baas was. We willen weten, kolonel Holtzman en ik, welke klachten u tegen ons heeft. Dit blad zegt...

'Ik weet heel goed wat die dagvaarding zegt, kapitein! Ik heb het ondertekend!

Toen begon hij beleefder en correcter te zijn en accepteerde hij:

"Nou... Was het maar een afspraak geweest om met je te gaan eten...

'Niet voor het avondeten, kapitein! Het is om je te waarschuwen dat je jets niet zoveel lawaai maken als ze over de stad vliegen. Ze breken al onze apparaten af en vaak moeten we het werk herhalen.

'Kijk, blondie, kolonel Holtzman en ik kunnen onze mannen bevelen niet te fluiten of te praten als ze over de stad vliegen. begrijpt? Maar... Kunt u mij vertellen hoe we de motoren kunnen bestellen om minder lawaai te maken, zodat ze u niet storen?

"U zult een manier zien om het te doen, kapitein ...

'Farrell, blondine... Blay Farrell.

"Dank u, kapitein Farrell... Wel, zoals ik al zei, u zult een manier zien om te voorkomen dat ze het Departement van Akoestiek passeren.

'Wilt u dat we dat vanavond bespreken, juffrouw? Ik zou haar kunnen komen halen en terwijl we eten...

'Ik weet niet of ik dat zou moeten doen. Mij...

"Vraag jezelf af of je wilt wat beter is. Ik ben hier om zeven uur!

Blay Farrell had zich omgedraaid en had geen tijd om commentaar te geven. Maar ze was weggelopen omdat ze sinds die vrolijke middag altijd had gedaan wat hij wilde. Diep van binnen, bevredigde hij hem niet zelf gelukkig?

Hoewel nu...

Nu deed hij iets dat Blay Farrell hem had verboden; nadert de Prestwich Base.

Natuurlijk rechtvaardigde Lise Borg zichzelf door te zeggen dat een verliefde vrouw geen zeven lange weken van scheiding zou kunnen verdragen. Kolonel Alster Holtzman had zijn piloten bevolen de basis onder geen enkele omstandigheid te verlaten en daarom zou ze de man van wie ze hield bezoeken.

Wat kon er gebeuren op de basis, zodat Blay Farrell en de andere piloten er niet uit konden komen?

HOOFDSTUK IV

Luitenant Pat Summer tikte op de koning en de chip viel op het schaakbord en won zijn partner Dickson Lolman. En om zijn nederlaag te rechtvaardigen, merkte hij op:

"Nou, geluk in het spel, ellendig in de liefde." Je weet het al!

De joviale Dickson Lolman glimlachte ook, afwijzend:

'Bij jou gaat dat niet. Je hebt al een eeuw geen meisje gekust!

'Ik? Ik heb er zoveel als ik wil.

'Nu, nu! Daarom smeekte je Shorts vriendin om een vriend voor je te zoeken, zodat jullie vier samen konden uitgaan. Hier komen we alles te weten, boefje.

"Natuurlijk, zoals in deze weken dat we hier opgesloten zitten, valt er niet meer te praten en te roddelen. Wezel!

De officier genaamd Short protesteerde en herinnerde zijn metgezellen eraan:

'Hoe zit het met patrouillevluchten, Dickson?

'Niet klagen, Short. Misschien is er weinig geluk en zijn we erin geslaagd om een van die vliegende schotels te onderscheppen. Misschien kom je een mooie marsmannetje tegen en... er is mij verteld dat ze erg mooi zijn!

De lach was algemeen en een van de piloten gooide olie op het vuur:

'Mooi? Geloof het niet, Dickson. Ze hebben me verteld dat ze afschuwelijk zijn! Met twee horens op zijn voorhoofd en een enkel oog... Scheel, om precies te zijn!

Ze moesten zich ergens mee vermaken, in de zeven weken dat ze opgesloten zaten in de Base. Het bevel dat de kolonel van het Ministerie van Defensie had gekregen was bot: niemand mocht het astrodrome onder geen enkele omstandigheid verlaten. De patrouillevluchten zouden constant zijn, zowel dag als nacht.

De grote Prestwich-basis was verantwoordelijk voor het bewaken van het hele luchtruim van het Amerikaanse continent, van Alaska en de Beringstraat tot Kaap Hoorn en Antarctica, en op een hoogte die het maximale plafond van moderne reactoren was.

Het ruimtevaartuig, dat met vijftien in de basis was bestemd, zou dezelfde dienst doen, maar vanwege hun grotere vliegcapaciteit teruggaan tot vijftienduizend kilometer, de ruimte bewakend met de opdracht elk schip neer te schieten dat niet geïdentificeerd door de radio.

Natuurlijk was het ministerie van Defensie gedwongen kolonel Alster Holtzman op de hoogte te stellen van de redenen voor dergelijke toezichtmaatregelen. Je kon geen mannen sturen om te vechten zonder ze op zijn minst iets te vertellen over het soort vijanden waarmee ze te maken zouden krijgen. Bij het aanpakken van een dergelijk probleem ontstond het woord Mars, hoewel generaal Paul Quiin erop stond dat de term in geen geval zou worden gebruikt, omdat er absolute zekerheid was over de mysterieuze Vliegende Schotels.

Concreet: alle vliegbases op aarde moesten dag en nacht toezicht houden om UFO-vluchten te onderscheppen.

Ze wilden een einde maken aan de spionage van de Unidentified Flying Objects. Op het resultaat van deze waakzaamheid kon het leven van alle bewoners van de aarde afhangen, die eindelijk hun natuurlijke bijziendheid vergaten, klaar om het grote probleem het hoofd te bieden.

Het cruciale moment was aangebroken.

Als het waar was dat ze duizenden jaren door de ruimte hadden gezworven om de verdedigingswerken van de planeet in de gaten te houden en mogelijk te vernietigen, dan was het nu aan de bewoners van de aarde om hen te verrassen met hun aanhoudende spionage.

Geologen beweerden dat de aarde al miljarden en miljarden jaren in de ruimte ronddraaide. In al die tijd, zo lang als een eeuwigheid, had de planeet vele wisselvalligheden, van allerlei aard, doorgemaakt. De perikelen van de laatste twintigduizend jaar waren niet van geologische aard, maar van interne conflicten, die de eigen bewoners hadden veroorzaakt.

Dat alles was eindelijk overwonnen. Vrede regeerde op aarde en de Galactische Centrale Regering regeerde over het lot van dertig miljard wezens die niet langer toegewijd waren om elkaar uit te roeien.

Maar blijkbaar begon nu een nieuwe cyclus. De cyclus van de buitenaardse gevechten, met kosmische wezens, bewoners van andere planeten die mogelijk vanuit een ander melkwegstelsel naar de aarde keken.

Een somber panorama, vol onbekenden.

Maar de piloten op Prestwich Base waren jonge mannen, vol leven en enthousiast om hun best te doen om hun planeet te verdedigen. Toen ze het verrassende nieuws kregen, waren ze niet geïntimideerd en waren ze eerder toegewijd aan het maken van grappen met elkaar, voordat het moment van de waarheid aanbrak.

* * *

Een rood licht flikkerde over de panelen van het controlepunt van Prestwich Base. De schildwacht stapte naar de microfoon om aan te kondigen:

"Officier van dienst! Een voertuig nadert op baan nummer zes.

In de wachtkamer ontving luitenant Dickson Lolman het bericht en antwoordde:

"Ok, jongen. Als u de weg naar Cheviot Hills niet inslaat, zeg dan tegen de chauffeur dat u niet verder kunt. Niemand mag de basis betreden of verlaten!

"Nou meneer.

Een half uur later had de schildwacht echter de blonde Lise Borg voor zich die hem, gezien zijn weigering, vroeg:

"Wie is de officier van de wacht?

'Luitenant Dickson Lolman, juffrouw. Maar ik herhaal dat...

'Zeg hem dat juffrouw Lise Borg hem wil spreken.

De schildwacht keek opnieuw naar het mooie blonde meisje en eindigde met mokkend toe te geven:

"Akkoord! Ik heb niemand gezien die koppiger is dan u, juffrouw.

Een seconde later communiceerde hij:

'Hier is een blonde Venus die u wil spreken, luitenant Lolman. Sta erop de basis te betreden! Ik heb je al gezegd ...

Door de visofoon, die verder in het scherm tuurde, onderbrak luitenant Dickson Lolman de schildwacht door te herhalen:

'Een blonde Venus, jongen?

Alle andere officieren keken naar hem en hij voegde eraan toe:

'We hebben ze hier al! Maar in plaats van marsmannetjes zegt de schildwacht dat ze Venusiaans is en...

De andere agenten glimlachten om zijn opmerking, hoewel Pat Summer hem afwijzend met zijn hand wuifde:

'Bah! Je kunt het voor jezelf houden, Dickson. Ik geef het aan jou!

Ernstiger, de officier van de wacht keek naar het intercomscherm:

'Wat wil die blondine in godsnaam, jongen?

'Ze zegt dat ze Lise Borg heet en dat ze de verloofde van kapitein Blay Farrell is, meneer. Hij arriveerde met zijn auto als een raket, negeerde de verbodsborden en verzekert dat hij niet zal vertrekken zonder met de kapitein te hebben gesproken.

'Lise Borg? Riep de dienstdoende officier.

En toen, na een korte aarzeling, kondigde hij aan:

'Over twintig minuten ben ik er, jongen. Ik ga op de Grasshopper!

Voor al het personeel van de Prestwich Base was een Grasshopper de moderne straalhelikopter die over het algemeen werd gebruikt om van het ene deel van het astrodrome naar het andere te gaan. Ze noemden ook de kleine tweezitsvliegtuigen, aangedreven door atoombatterijen, die een nog grotere snelheid hadden, Stork.

Luitenant Dickson Lolman paste zijn pilotenpak aan, vroeg een van de verplegers om de helm en zei tegen de andere officieren:

'Blays vriendin is hier. Ik weet niet wat ik hem ga vertellen!

'De waarheid, Dickson, die dienst heeft.

'En vind je het normaal dat we nu twee maanden in dienst zijn? Blay zag haar vroeger bijna elke dag.

'Bevelen zijn bevelen, Dickson. Niemand mag weten dat we op jacht zijn naar vliegende schotels!

De schorre stem van kolonel Alster Holtzman bevestigde, toen hij de grote zaal binnenkwam:

'Goed gezegd, luitenant Masson... Onze missie is een militair topgeheim. Elke afleiding kan leiden tot collectieve paniek, met zeer ernstige gevolgen.

Ze hielden allemaal hun hoofd recht voor het hoofd van de basis, die eraan toevoegde:

'Ik ga met je mee, luitenant Dickson. Ik zal met Blay's vriendin praten.

"Dank mijn Heer. Ze is een goede vriendin en het zou voor mij gênant zijn geweest om tegen haar te liegen.

'We zullen het moeten doen, luitenant. Gaan!

Minuten later, die de afstand van de neuralgische controle van de basis tot baan nummer zes aflegde, daalde de straalhelikopter af naar honderd meter waar de schildwacht wachtte met een nerveus blond meisje.

Kolonel Alster Holtzman salueerde militair, terwijl luitenant Dickson Lolman zijn hand aan de vrouw uitstak:

Hallo, Lise. Hoe hier in de buurt?

'Heel ongeduldig, Dickson. Hoe zit het met Blay? Ik heb hem al een eeuw niet gezien!

De kolonel kwam tussenbeide:

'Juffrouw Borg... ik ben bang dat u kapitein Farrell niet kunt zien. En ik neem aan dat hij haar vertelde dat ze hier niet moest komen.

'Je hebt het me verteld, kolonel. Maar het is ongeveer twee maanden geleden en ik...

'Dat maakt niet uit, juffrouw! Kapitein Farrell kan de basis niet verlaten. Ontvang ook geen bezoek!

Lise Borg had eerder met de man gesproken en ze herinnerde zich dat hij nog nooit zo abrupt en afstandelijk tegen haar was geweest. Hij kruiste even zijn blauwe pupillen met de bruine van de jonge luitenant Dickson Lolman, om de vraag te stellen:

'Wat is er, kolonel? Er waren nooit ongemakken voor familieleden om hun piloten te bezoeken. Ik ben hier vaak geweest en...

'Alles is nu anders, juffrouw. Je moet het zo toegeven en geen vragen meer stellen.

'Het is onmogelijk, kolonel. Blay en ik, we hebben afgesproken over drie dagen te trouwen!

'Ze zullen de bruiloft voorlopig moeten uitstellen.

"Omdat? "Hij zocht opnieuw de ogen van de vriend, toen hij de luitenant rechtstreeks vroeg." Is er iets met Blay gebeurd? Alsjeblieft, Dickson... Je moet het me vertellen!

Dickson Lolman was overstuur en kon alleen maar zeggen:

'Blay is in orde, maar wij... De kolonel zal u informeren.

Ook geïrriteerd door de aanstelling van de officier loog Alster Holtzman:

'Kapitein Farrell, evenals andere van mijn officieren, zijn... zijn. gearresteerd!

Hij zag de verbazing en schrik in de ogen van het meisje en zei:

"Het maakt niet zoveel uit... Simpele onregelmatigheden in de bediening. U zult begrijpen dat we discipline moeten opleggen en...

'Verontschuldig u niet, kolonel. Dit zijn dingen waar ik niet op in moet gaan. Maar ik zie de reden niet om Blay niet te begroeten, als ik er eenmaal ben. Hoe ernstig zijn schuld ook was, denk ik...

Ze moesten stoppen toen ze de voetstappen hoorden van de schildwacht die vanuit de controletoren bij de ingang op hen af kwam rennen, schreeuwend:

"Kolonel! Dienstdoende officier!

De energieke Alster Holtzman draaide zich met een ruk om en informeerde onverstoorbaar, zijn ogen op de soldaat gericht:

" Wat gebeurt er?

'Het is van de Centrale Controlepost, meneer! Je krijgt berichten van Kapitein Farrell's schip, kolonel! Het is zeer dringend!

Met schrik in haar ogen keek Lise Borg naar de militair, die had gelogen, terwijl ze hem eraan herinnerde:

'Heb je me niet verteld dat Blay gearresteerd was, kolonel? Hoe bestuurt hij een schip?

Er was geen antwoord.

HOOFDSTUK V

Kolonel Alster Holtzman had niet opgenomen, was bezig met de intercom en vroeg op zijn beurt:

"Wat is er, majoor? Spreek snel!

De stem kwam duidelijk tot hen en informeerde:

'Ik heb u bij kapitein Farrell geplaatst, meneer. Je schip heeft een squadron Vliegende Schotels gezien... En ze komen op je af!

Niet in staat om het te vermijden, alsof ze werd geschud door een veer, duwde Lise Borg luitenant Dickson Lolman en de kolonel weg, haastte zich naar de microfoon en riep:

"Blay! Blay! Kun je me horen schatje, ik ben het! Lise!

* * *

Ongeveer tienduizend mijl boven de aarde, voor de honderdste keer in die drie dagen van constante patrouille, beval kapitein Blay Farrell zijn copiloot:

'Steek het radarscherm in, Claney.

Claney Hill wierp een blik op de commandant van het schip en informeerde hem:

'We hebben weinig energie, Blay. Dat geroddel kost veel.

'Hoe zit het met de generatoraccu's, sergeant Yay?

Sergeant Yay Banto meldde op zijn beurt:

'We hebben pech gehad, kapitein; een kortsluiting heeft hen uitgeschakeld.

Blay Farrell keek naar het dashboardpaneel, las enkele cijfers en na een mentale berekening te hebben gedaan, vertelde hij aan de bemanning van het schip:

'We zijn terug, jongens. Ik wil nu al lekker in bad!

Luitenant Claney Hill keek naar de atoomklokken en vond het gepast om zijn baas eraan te herinneren:

'Onze patrouille stopt pas om 6.15 uur, Blay. We hebben nog drie uur te gaan.

'Ik zal de kolonel vertellen dat we een storing hebben gehad in de stroomopwekkingsbatterijen. Nog drie uur vliegen en je vertelt me hoe we zouden landen.

Het radarscherm was weer aangezet en op dat moment boog Claney Hill zich voorover om de lichtvlek die snel van richting veranderde beter te kunnen zien.

En haar stem klonk gealarmeerd:

'Kijk eens, Blay! Dat schip is op ons!

Blay Farrell rekende opnieuw uit, zijn pupillen gefixeerd op het lichtpuntje op het radarscherm.

'Het kan niet het schip van Yoshi of dat van Ray zijn! Yoshi vliegt vast over de Stille Oceaan ter hoogte van Hawaï.

Hij reageerde snel en zette de radio aan op de precieze frequentiegolf en sprak opgewonden:

"Yoshi? Hier Eagle I tot Eagle II ... ik herhaal: Eagle I tot Eagle II ... Kun je me horen, Yoshi?

Yoshi-Ito's stem, met zijn vreselijke Engels van zijn geboorte in Japan, bereikte hen en bevestigde:

'Eagle II tot Eagle I. Ik hoor je perfect, Blay. Wat gebeurt er?

Kalmer Kapitein Blay Farrell, vroeg:

'Volg je je normale vliegroute, Yoshi?

"Natuurlijk, Blay. Waarom zou hij dat niet doen? Hier gaat alles door zonder nieuws, hoewel met elke pas die we naar de Hawaiiaanse eilanden nemen de jaloezie van mijn jongens wekt. We zouden graag naar beneden gaan om te zwemmen op de gouden stranden van Honolulu!

Terwijl ze spraken, bleven Blay Farrells ogen staren naar dat griezelige lichtpuntje op het radarscherm en kondigde aan de commandant van het scheepstijdperk aan:

'Kort, Yoshi... ik ga proberen met Ray te communiceren.

Veranderde de golffrequentie beetje bij beetje, kondigde Blay Farrell aan:

"Adelaar I tot Adelaar III. Kun je me horen, Ray?

Deze keer was de stem nieuwsgierig en Ray Stell bereikte hen door te melden:

'Perfect, Blay. We zijn nu laag! Om onze klokken, twee uur en vijfenveertig minuten, te verlichten. Drie dagen hier rondhangen is behoorlijk saai, jongens.

'Je gaat je normale route, toch, Ray?

'Welke remedie? Jij en Yoshi hebben meer geluk gehad. En de kusten van Californië en Canada?

"Geweldig, Ray! Maar er is iets dat ik niet helemaal begrijp. Op ons scherm hebben we een lichtpuntje dat steeds dichterbij komt. Als het zo doorgaat, hebben we het over een paar minuten bovenaan ...

De hese stem van Ray Stell bereikte hen, gestremd door twijfels:

'Een... een lichtpuntje, zeg je, Blay?' Bedoel je een ruimteschip?

"Ja, Ray... ik heb ook met Yoshi gecommuniceerd en noch hij, noch jij kan dat zijn. Van wat ik denk dat het kan zijn...

'Een vliegende schotel, Blay? Niet!

'Dat is het, Ray... en niet één. Er zijn meerdere!

Blay Farrell verbrak de communicatie met het Eagle III-schip en zocht naar de frequentiegolf die hem in contact zou brengen met Prestwich Base. En toen ze klaar was met het verzenden van de signalen die haar identificeerden, kon ze de majoor van de Centrale Controletoren informeren, zonder meer naar het radarscherm te kijken:

'Majoor Loring... Hou je vast, meneer! We hebben vijf vliegende schotels, die evolueren om ons te omringen!

Iets als dit werd verwacht en in die lange zeven weken van constant patrouilleren, had elke bemanning gedroomd om als eerste de Unidentified Flying Objects te ontdekken.

Het was echter één ding om van die ontmoeting te dromen, en iets heel anders om in werkelijkheid voor de mysterieuze UFO's te staan.

En blijkbaar in een aanvalsplan, om het schip onder bevel van kapitein Blay Farrell te omsingelen. Wat zou er van de Eagle I worden, ondanks zijn krachtige motoren en het atoomarsenaal waarmee hij was uitgerust?

Majoor Loring accepteerde het advies van de kapitein die de boodschap overbracht, klampte zich stevig vast aan de stoel en vroeg:

'Weet je zeker dat het Vliegende Schotels zijn?

Het antwoord was overweldigend, zonder twijfel:

'Dat zijn ze, senior! Zeer grote en glanzende schepen die op zichzelf lijken te draaien, als op een onzichtbare as. Ze maken geen geluid en we weten niet of ze motoren hebben of welke energie ze aandrijft. Maar ze zijn hier, heel dicht bij ons, en werpen gekleurde stralen vanaf hun basis, oranje en blauw, soms veranderend in groen en dieprood.

De informatie werd aangevuld door de stem van copiloot Claney Hill, die op zijn beurt doorstuurde naar Prestwich Base:

'Ze lijken geen ramen te hebben, meneer. Ze zijn van metaal en volgens mij hermetisch afgesloten. Met de snelheid waarmee ze draaien, is het niet goed waar te nemen!

Majoor Loring zweette hevig en was niet in staat om beslissingen te nemen, vertelde:

"Kolonel Holtzman is er niet! Ze vertellen me dat hij de leiding heeft over nummer zes!

En dan, alsof ik iets vergeet:

'Volg mij, Blay! Denk je dat ze in de buurt komen? Als dat zo is... Vuur je atoomstralen af!

Blay Farrell, uit een instinct voor zelfbehoud, en ook denkend aan de levens van de mannen die zijn schip bemanden, stond op het punt de bedieningselementen in werking te stellen die die dodelijke, uiteenvallende wapens in beweging zouden zetten. Hoe supergeciviliseerd de wezens die de vliegende schotels bemanden ook waren, het was niet aannemelijk dat ze hun schepen vervaardigden met materiaal dat bestand was tegen atomaire desintegratie.

Maar zijn duimen werden stijf, denkend aan de enorme verantwoordelijkheid die op die momenten op hem rustte.

Als het uiteen zou vallen met een van de atoomstralen, een van die vijf schepen, wat zou er dan op aarde kunnen gebeuren? Die mysterieuze kosmische wezens, zouden ze later geen rechtvaardige wraak nemen als ze worden aangevallen?

Even keek hij naar de mannen van zijn bemanning. Luitenant Claney Hill was te jong om te sterven. Sergeant Yay Banto had een vrouw en drie kinderen, en van de overige vijf waren er nog twee getrouwde mannen. Zouden ze daar allemaal sterven?

Blay Farrell had het knagende gevoel dat elke seconde die verstreek een eeuw duurde. Hoeveel dingen kun je bedenken in een fractie van een seconde!

Zonder te weten hoe, merkte hij dat hij aan majoor Loring het volgende doorgaf:

'Kom rechtstreeks in contact met de kolonel, majoor Loring. Veel hangt af van wat we de komende minuten beslissen, meneer.

'Ik begrijp het, Blay... ik verbind je met toren nummer zes.

'Dank u, majoor. En nog iets, meneer... ik ga de atoomstralen niet afvuren, voorlopig...

"Maar...

"We zullen onze kansen grijpen en ze deze dans om ons heen zien dansen. Ik denk dat we er twee of drie kunnen desintegreren, maar de anderen...

'Ik begrijp het, Blay. Het is een voorzichtige maatregel! Ik heb je bij kolonel Holtzman geplaatst.

Het was toen Blay Farrell, toen hij in directe verbinding kwam met de toren op spoor nummer zes, de stem hoorde van de vrouw van wie hij hield, die hem riep:

"Blay! Blay! Kun je me horen schatje, ik ben het! Lise! Praat alsjeblieft met me!

Hij was zo verbaasd dat hij voorlopig niets kon zeggen.

HOOFDSTUK VI

Hij moest reageren, kalm zijn en eindelijk kon hij, materieel omvergeworpen op de microfoon, uitzenden:

"Hallo, Lise, lieverd! Hoe is het daar, op de basis?

Maar onmiddellijk, denkend dat ze andere dingen hadden die veel belangrijker waren dan zijzelf, vroeg hij met een dringende stem:

'Zoek kolonel Holtzman! Het is heel dringend, Lise!

Zelfs zijn schip klonk de stem van het hoofd van de basis:

'Wat is er, kapitein Farrell? Majoor Loring vertelde me...

In het bijzijn van de vrouw aarzelde hij even, maar hij berekende dat elk bezwaar al laat was. Elke verloren seconde kan van levensbelang zijn en daarom vroeg hij uiteindelijk:

'Is dat waar, Blay?

"Ja, kolonel. Het zijn Vliegende Schotels, UFO's, of hoe je ze ook wilt noemen! Maar ze zijn hier! Voor ons en om ons heen, meneer!

"Schiet op, Blay! Vernietig ze!

'Het zijn er vijf, mijn kolonel!

'Het is hetzelfde, jongen! Ze hebben twaalf atoomraketten! Ik beveel je om te schieten!

Blay Farrell berekende de kansen op de overwinning; het was waar dat zijn schip twaalf atoomraketten had, zes aan elke kant. Maar meteen realiseerde hij zich dat hij bij de eerste volley niet alle vijf kon raken.

In die dans om hen heen, die hen macaber leek, in hun constante draaien om een onzichtbare as, bevonden minstens twee van de vijf vreemde Vliegende Voorwerpen zich buiten hun vuurhoek; degene die voor hen stond en degene die op het radarscherm aangaf dat hij hen van achteren in de gaten hield.

Plotseling moest Blay Farrell stoppen met denken.

Er leek iets te exploderen in de oordopjes die ze droeg, waardoor ze haar trommelvliezen dreigde te verliezen. Na een reeks klikken en verwarde geluiden, kwam een stem met metalen bellen zijn weg en beval hem:

'Volg ons, kapitein Blay.

Luitenant Claney Hill raakte zijn elleboog aan en schreeuwde:

'Er is geknoeid met onze radio, Blay! Zij zijn degenen die het hebben gedaan!

Een reeks oorverdovende geluiden bereikte hem opnieuw, voordat dezelfde onpersoonlijke, metalen stem opnieuw het bevel gaf:

'Volg ons, kapitein Blay. Verzet je niet. Ze zullen niet langer in staat zijn om met de aarde te communiceren. Volg ons, Kapitein Blay... Volg ons, Kapitein Blay... Volg ons, Kapitein Blay...

De metalen stem hield niet op. Blay Farrell kon dat refrein niet langer aan en zette zijn helm en koptelefoon af in een poging de golf van de radio te veranderen.

De helm bleef op het bedieningspaneel en de metalen stem bleef uit de koptelefoon komen, onvermoeibaar herhalend:

'Volg ons, Kapitein Blay... Volg ons, Kapitein Blay... Volg ons, Kapitein Blay...

De copiloot volgde zijn voorbeeld en sergeant Yay Banto deed hetzelfde achter hem, terwijl ze allebei zijn helm afzetten. Maar dat was niet de reden waarom ze vrij waren van de heerszuchtige metalen stem, die zonder vermoeidheid voortduurde:

'Volg ons, Kapitein Blay... Volg ons, Kapitein Blay...

De commandant van Eagle I keek naar zijn bemanning, die meteen allemaal verzameld waren in de centrale cockpit. Blay Farrell las verbijstering en ontzetting in hun ogen, maar geen angst.

Niet; angst was nog niet opgekomen.

Dit stelde hem gerust en moedigde hem aan om hen te bevelen:

'Iedereen naar zijn plaats, jongens. Ik ben niet bereid om die jongens te volgen, zelfs niet als ze onze communicatie hebben onderschept!

'Op dit moment zijn zij degenen die ons volgen,' merkte luitenant Claney Hill op.

Het was waar, het schip van Blay Farrell bleef door de ruimte varen in de richting van Prestwich Base en de vijf vliegende objecten, die er altijd omheen cirkelden, volgden ook die richting. En blijkbaar deden ze het zonder enige moeite, zonder zichtbare belasting van hun motoren, als ze die hadden. Ze draaiden zich eenvoudig om en draaiden duizelingwekkend op zichzelf, op hetzelfde moment dat het het ook deed op Eagle I, versnellen of vertragen, afhankelijk van het schip dat bij de aarde hoorde.

Het was korporaal Doyer die de vraag stelde:

'Gaan we ze neerschieten, meneer?

'Ja, Doyer... Laten we ze neerschieten! En we doen het in een fractie van een seconde, wanneer we ons in de beste opnamehoek bevinden. Oké jongens?

"Ja kapitein...

Claney Hill was nog steeds gehypnotiseerd, keek naar zijn helm en luisterde naar de metalen stem die niet stopte met bevelen:

'Volg ons, Kapitein Blay... Volg ons, Kapitein Blay... Volg ons, Kapitein Blay...

"Het is gekmakend!" Riep de copiloot uit." Ik zou ze graag naar de hel sturen!

Met een wrange glimlach wees Blay Farrell naar de radio.

'Probeer het eens, Claney... Misschien zullen ze naar je luisteren en wegrennen.

'Luister, dwaas! Kan je me horen? Kun je niets anders zeggen? We gaan je niet volgen! Loop naar de hel!

Nieuwe metalen, schrille geluiden gierden uit de oortelefoons en braken eindelijk door dezelfde metalen, onpersoonlijke stem:

"Ze hebben het mis... Ze hebben het mis... Ze hebben het mis... Ze hebben het mis...

"Verdomme! Ze willen ons gek maken!

Claney Hill sloeg woedend op zijn helm en hij rolde over het dashboard en struikelde over de gashendel. De mondstukken van de motor gingen een andere fase in en het schip leek terug te kaatsen in de ruimte en bereikte op volle snelheid.

Dertigduizend kilometer per uur...

Toen ze erin slaagden op te staan, keek Blay Farrell naar buiten en alles bleef hetzelfde. Blijkbaar had het feit dat ze hun snelheid hadden verdubbeld geen invloed op hun vreemde achtervolgers.

Maar al snel veranderde het beeld.

Twaalf stralen geelachtig licht schoten van het vreemde schip dat voor hen ronddraaide, en toen de toppen van die stralen het landschip raakten, voelden de bemanningsleden een elektrische schok.

Sergeant Yay Banto kon het niet weerstaan en rolde opnieuw over de vloer van de cabine, naast de magnetische laarzen van zijn kapitein blijvend. Blay boog zich over hem heen:

"Oké, sergeant?

'Ja... ja, kapitein. Ik verloor pas mijn evenwicht toen ik die schok voelde.

Ze hielpen hem overeind en hij keek alle kanten op, vragend:

'Heb jij het ook gevoeld?

'Ja, sergeant. En ik ben bang dat het schip ook... Kijk eens aan!

Het was de jonge korporaal Doyer die sprak, zijn wijsvinger wijzend naar het dashboard, waar constant een rood lampje flitste.

"Fout in de zuurstofreserve! schreeuwde de copiloot.

Hij kon niet langer twijfelen. De strijd zou tot het einde duren en ze hadden laten zien dat ze over elektrische stralen beschikten, waarmee ze zouden proberen het landschip te vernietigen. Maar Blay Farrell berekende dat veel krachtiger de atoomenergie was die zijn Eagle I bevatte.

Twaalf raketten die...

"Naar je posts! "schreeuw.

Hij ging zijn helm op het dashboard afzetten toen hij zich realiseerde dat de irritante litanie uit de koptelefoon bleef komen:

"Ze doen verkeerd ... Ze doen verkeerd ... Ze doen verkeerd ...

Woedend reikte Blay Farrell naar de bedieningselementen om te manoeuvreren, om het richten gemakkelijker te maken. En hij mompelde tussen zijn tanden door:

'Nu zul je het zien! Ik verzeker je dat velen van jullie het zullen voelen! VUUR!

Een van de vreemde vliegende objecten hield op te bestaan en veranderde in een immense gloed van alle kleuren, alsof de regenboog zelf was geëxplodeerd. De ruimte was gevuld met laaiende explosies en de schokgolf van die desintegratie bereikte het aardse schip. Vluchtig hadden de bemanningsleden de indruk dat de zon in duizend stukken was gebarsten en een beetje uit hun zicht was verdwenen, achter een gigantische wolk van rook en dampen in alle kleuren, altijd opstijgend, in de vorm van een paddenstoel, naar boven.

Het danteske spektakel werd herhaald, bijna gelijktijdig drie keer naar rechts en naar links, in fracties van een seconde, en de stem van korporaal Doyer kondigde aan:

'Doel raketten één, twee en drie, kapitein!

"Goed gedaan, jongen! 'Op zijn beurt gefeliciteerd met de commandant van het schip.' Laten we gaan voor de andere twee!

Hij draaide de stuurhendel snel, negentig graden, zodat in de duizelingwekkende opstand de resterende atoomraketten die aan de zijkanten waren geïnstalleerd rechtstreeks naar de andere twee vijanden konden gaan die aan hem waren overgelaten.

Maar het was een nutteloos werk en te langzaam voor de enorme snelheid van zijn twee vijanden die, sneller dan zij, ook van richting veranderden. Blay Farrell herhaalde de manoeuvre sneller en alles ging op dezelfde manier verder. Een derde poging met de toch al gerafelde zenuwen, leverde geen beter resultaat op.

"Het is nutteloos! "Protesteerde." Ze versloegen ons in snelheid en acceleratie in manoeuvres. We kunnen ze nooit meer verrassen om die twee binnen bereik te hebben!

Voor het eerst in die pijnlijke minuten leek de jonge luitenant Claney Hill de controle over zijn zenuwen te verliezen en schreeuwde:

'Wat kunnen we doen, Blay? Nu zullen ze ons in een opwelling neerslaan, met hun elektrische stralen!

'Rustig maar, Claney, rustig aan... Als ze dat nog niet gedaan hebben, zal het voor iets zijn.

Het bleef dalen en de contouren van de Californische kust waren met het blote oog al perfect te onderscheiden. De zee en het land kwamen heel helder naar buiten en vluchtig dacht Blay Farrell dat het op de ene plaats hetzelfde was als op de andere. Misschien beter in de oceaan, om de moeite te besparen ze te identificeren.

Toen ik hierover nadacht, dacht ik aan een naam, Lise Borg, ze had gedroomd om met hem te trouwen en nu ...

Met een klauw greep hij de romp met de nieuwsgierige koptelefoon waar, onpersoonlijk, alsof er niets was gebeurd met de drie vreemde gezelschapsschepen van de andere twee die hen bleven achtervolgen, de metalen stem bleef zeggen:

"Ze doen verkeerd ... Ze doen verkeerd ... Ze doen verkeerd ...

'Waar wachten jullie op, lafaards? Ga verdomme van ons af!

Voor zijn geschreeuw op de radio veranderde de litanie voor een andere die ook uit de koptelefoon kwam:

"Blijf dalen ... Blijf dalen ... Blijf dalen ...

Blay Farrell staarde naar zijn copiloot Claney Hill.

"Het lijkt erop dat ze alleen het nummer veranderen, elke keer dat we ze spreken. Is het je opgevallen, Claney?

"Ja! En het is heel vreemd!

Achter hem zei de stem van sergeant Yay Banto:

"Vreemder is dat, nadat ze hebben gezien wat we hebben gedaan met hun metgezellen, deze twee, ze ons niet aanvallen.

Blay Farrell kwam terug op de radio.

"In overleg! Laten we landen ...

Ze hoefden alleen maar te wachten tot de reeks schelle metalen geluiden voorbij was, om weer de onpersoonlijke stem te horen die naar hen doorgaf:

"We volgen ze ... We volgen ze ... We volgen ze ...

"Wat zwaar! "We volgen ze, we volgen ze" "remedieerde Claney Hill." Waarom herhalen ze dingen zo vaak? Ze zien eruit als oude papegaaien.

Meer bezadigd dan zijn copiloot, ging Blay Farrell de grot in richting Prestwich Base, niet zonder op de radio aan te kondigen, in ieder geval om het eentonige deuntje te veranderen:

'Waarom sta je erop ons te volgen? Ze pakken je daar beneden!

Na de metaalachtige geluiden zei de koptelefoon:

"We hebben een storing ... We hebben een storing ... We hebben een storing ....

We zullen; dat was alsof je rustig ademhaalde. Ze naderden Prestwich Base, te oordelen naar wat ze nu bleven aankondigen, kon worden berekend dat ze hen niet zouden aanvallen met hun elektrische bouten. Het was allemaal heel vreemd en raadselachtig tegelijk.

Als de bemanning van die vliegende objecten wezens waren van andere planeten, mogelijk van een ander zonnestelsel, begrepen ze dan niet dat als ze hen bleven volgen en na hen op aarde zouden landen, ze daar gevangen zouden worden genomen? Deed zo'n gebeurtenis er in het minst niet toe? Waren ze voor niets bang? Waren ze totaal verstoken van gevoelens en hadden ze daarom geen commentaar gegeven op het uiteenvallen van de andere drie schepen, hun vluchtgenoten?

'Dat alles maakt me erg bang,' fluisterde Claney Hill zacht. Misschien willen ze ons neerslaan als we op de basis zijn, zodat iedereen hun kracht kan zien. Ze willen dat ze er op aarde goed achter komen... Ze zullen wraak nemen!

Blay Farrell staarde naar zijn nerveuze jonge copiloot en meende, adellijk te zijn:

'Denk je niet dat ze diep van binnen het recht zouden hebben om het te doen, Claney?

"Waarom, Bla?

'Je berekent het, jongen! We hebben geen idee van het aantal wezens dat die drie schepen heeft bemand die we hebben gedesintegreerd.

'Ze hebben erom gevraagd! Laat ze in jouw wereld blijven en val ons niet lastig!

'We waren ongeveer tienduizend mijl van de aarde verwijderd toen we ze vonden, Claney. Ik ken geen enkele wet die zegt dat op die hoogte de ruimte van onze planeet is.

'Monsergas, Blay! Ze wilden dat we ze volgden. Ze herhaalden het duizend keer, als papegaaien!

De langzame stem van sergeant Yay Banto klonk opnieuw achter de rug van de twee vrienden, wijzend:

'Het vreemde is dat ze onze taal spreken, kapitein.

"Juist, sergeant! Diezelfde vraag stelde ik mezelf al. Maar ik heb het opgegeven om erop te antwoorden. Alles bij elkaar genomen is alles heel vreemd.

'Ja, mijn kapitein... daar hebben we Prestwich!

"God geve dat de landingsbanen vrij zijn en we kunnen landen. Zonder communicatie hebben we een tijdje niet kunnen melden wat er is gebeurd, en dat we terugkomen. En in goed gezelschap!

HOOFDSTUK VII

Ondanks de achtervolging was de manoeuvre van Blay Farrell perfect en zette hij het Eagle I-schip op baan nummer twee, terwijl de twee Flying Saucers duizelingwekkend op zichzelf tollen totdat ze de indruk wekten dat ze niet bewogen. aan het einde van baan nummer negen, uiterst links van de basis, waar geen cement was en de vloer uitgedroogd en verlaten land was, zonder enig gebruik.

Uit het onderste deel van die cilindrische schepen kwamen stoomstralen van duizend kleuren tevoorschijn die, ondanks de enorme kracht die werd getoond bij het optillen en calcineren van de aarde, weinig geluid maakten.

Eindelijk waren ze op de grond gefixeerd, zo'n vijf mijl van het centrum van de basis, allemaal in beweging en opgewonden door het nerveuze komen en gaan van de mannen die graag hun plaats wilden innemen.

De kanonniers stelden de kanonnen van de atoomraket op in de richting van de vreemde bezoekers. De andere conventionele wapens waren ook klaar: twintig stalen tanks, van enorme afmetingen, kwamen in beweging en leidden de weg naar een vijftigtal voertuigen vol soldaten, ook bewapend met bazooka's en atoomgeweren, die alleen in tests waren getest.

Twaalf brandweerwagens raasden erheen en denderden door de lucht met het gejammer van hun sirenes, wat de sfeer van opwinding en alarm nog meer gespannen maakte. Tien jets stegen op van de landingsbanen en begonnen te evolueren op de basis, in een constante waakzaamheid voor de vreemde artefacten die niemand kon berekenen wat ze in hun cilindrische buiken, ongeveer honderd meter in diameter, bevatten.

Megafoon in de hand, op het perron van een snel rijdend voertuig op spoor nummer twee, waar Blay Farrells Eagle I al zat, bleef kolonel Alster Holtzman bevelen roepen met zijn diepe basstem:

"Iedereen op je berichten! Moge iedereen weten hoe hij zijn verplichting moet nakomen! Ik wil geen mislukking, jongens!

De luidsprekers gaven ook bevelen door via de basis, terwijl majoor Loring in de Centrale Controletoren, nerveus en hevig zwetend uit elke porie van zijn huid, op zijn beurt dat fenomenale nieuws rechtstreeks aan het Ministerie van Defensie van de Centrale Galactische Regering doorgaf.

"Let op! Let op! Dit is de Prestwich-basis! Er zijn twee UFO's op de basis geland! Ze bevinden zich ongeveer vijf mijl van het centre court! Ze zijn afgedaald, achter het schip van kapitein Blay Farrell aan! We nemen alle nodige maatregelen!

Iedereen die het nieuws kon horen, begreep dat ze cruciale momenten voor de aarde beleefden. De geschiedenis van de mens zou veranderen, vanaf die momenten was de mensheid niet alleen in het heelal, zoals miljoenen en miljoenen jaren lang werd geloofd.

Niemand kon er zeker van zijn of dit ten goede zou zijn... of ten kwade!

Niemand kon iets raden.

Helemaal niets!

Het antwoord lag in die twee enorme verrassingsdozen, metaalachtig en glanzend in de zon, gesmolten en vervaardigd in een ander zonnestelsel, op een andere afgelegen planeet, op andere werelden.

Dat gevoel was veel verontrustender en tegelijkertijd bedwelmender dan wat Christoffel Columbus en zijn gedurfde zeelieden hadden kunnen voelen toen ze Amerika ontdekten.

Ja: het was veel meer zo omdat het betekende dat je door een van de oneindige vensters van het heelal moest turen en in direct contact kwam met wezens die vreemd waren aan de aarde. Authentieke bewoners van een Nieuwe Wereld, oneindig veel interessanter dan de eerste indianen hadden kunnen zijn, die werden begroet door Europeanen die voor het eerst de grote Atlantische Oceaan overstaken.

De verbeelding was verloren, vastbesloten om te gissen en aannames te vormen. Het had geen zin om zich in te spannen om ideeën of beelden te bedenken die, mogelijk in het licht van de realiteit, onmiddellijk zouden moeten worden gewijzigd.

Men kon alleen maar hopen. En kijk!

Hoe waren deze mysterieuze wezens en wat wilden ze? Waarom hadden ze uiteindelijk besloten om zich te laten zien? Welke redenen hadden ze om dit te doen?

Het onbekende was er nog steeds, in die twee niet-geïdentificeerde vliegende objecten die nu, eindelijk!, zouden zijn.

Toen ze dichterbij kwamen, informeerde kapitein Blay Farrell kolonel Alster Holtzman over alles wat er was gebeurd. Het hoofd van de basis fronste zijn wenkbrauwen en zei alleen:

'Vreemd, Blay... Heel vreemd!

Lise Borg zat vastgelijmd aan Blay op het platform van het voertuig, door de man van wie ze hield met een van haar armen om haar middel te verbinden en de piloot de hare over haar schouders te laten passeren. Kolonel Holtzman, die druk was met belangrijkere dingen die overhaast waren, had geen manier gevonden om het meisje te verbieden de basis binnen te gaan. Ze hadden allemaal een vreselijke tijd gehad toen de radiocommunicatie met Eagle I en het meisje werd verbroken, ze verdiende het om nu met eigen ogen te kunnen zien dat Blay Farrell en zijn mannen veilig op aarde waren teruggekeerd.

"Ik heb een vreselijke schrik gehad! "Het meisje fluisterde en verborg haar gezicht op de borst van de man.

De hand die nu vrij was van de handschoen, drukte Blay Farrell met liefdevolle bewegingen op de vrouwelijke schouder en antwoordde:

'Rustig maar, Lies. Er is ons niets overkomen!

"Maar die... die mannen die daarbinnen zijn, in die schepen...

De piloot glimlachte om de vrouw gerust te stellen:

"Mannen...? We weten niet of het mannen zijn, schat.

'Erger nog, Blay... Als het afschuwelijke en monsterlijke wezens blijken te zijn, dan... ik...

'Je had niet moeten komen, Lise. Kolonel Holtzman had je niet moeten laten...

De voornoemde draaide zijn hoofd naar hen toe en hield op met het observeren van de mars van het voertuig naar het doel waar ze allemaal samenkwamen.

'Ik kon er niets aan doen, Blay. Hoe dan ook, zorg nu voor je verloofde en blijf weg van die... die... artefacten.

Toen vergat hij dat ze door de megafoon nieuwe bevelen moesten roepen:

"Vorm een cirkel! Laat niemand dichterbij komen dan een halve mijl! De Shock Sectie in de frontlinie! Zet de bazooka's op! De 5e en 6e compagnie, achter!

Hij liet de megafoon in de handen van een van zijn assistenten, keek naar de radio die in het voertuig was geïnstalleerd en ging in communicatie met de jets die over het gebied vlogen.

"Let op! Let op! Dit is kolonel Holtzman! Let goed op wat ik ga zeggen!

Voordat het bevel werd gegeven, terwijl het voertuig al gestopt was op een halve mijl van de twee gigantische buitenaardse schepen omringd door voertuigen en de twintig tanks vol soldaten, wierp kolonel Holtzman een korte blik op de mannen die de Shock Compagnies vormden en aan het einde, hij voegde toe:

"In geval van nood, als ze zien dat de strijd is begonnen en we het ergste beginnen te verdragen. Voel je vrij om de bommen op het doel te laten vallen!

Blay Farrell herkende de stem van luitenant Pat Summer, die nu het bevel voerde over het straalvliegtuig. En zijn vraag klonk angstig, toen hij via de radio informeerde:

'De bommen, kolonel? Bedoel je dat... we jullie ook verslaan?

'Dat is wat ik zei, luitenant Summer! Als het gevecht begint en ze beginnen ons te verslaan... Vernietig dit hele gebied! Is het duidelijk?

"Ja, meneer... Op bestelling!

De druk van Blay Farrells hand op Lise Borgs schouder nam toe. Hun ogen ontmoetten elkaar en zwijgend begrepen de twee het botte bevel van de kolonel: als toen de bemanningsleden van die schepen het gevecht begonnen en, helaas, de terrestrische schepen het ergste begonnen te dragen, waarom zou je dan aarzelen om ze ook te vernietigen, als daarmee of het mogelijk was om de vreemde bezoekers te vernietigen?

Het betalen van vijf- of zeshonderd mensenlevens in afwachting van wat er uit die twee vliegende schotels zou kunnen komen, was geen erg hoge prijs.

In ieder geval zou de hele mensheid hun namen herinneren, als helden.

Ja: de geschiedenis zou hen noemen als de eerste aardbewoners die de cyclus van de nieuwe strijd waren begonnen. De strijd tegen de bewoners van andere planeten. Uit andere sterrenwerelden.

Het zou jammer zijn als het zo zou gebeuren, nu de aarde er eindelijk in is geslaagd haar interne problemen op te lossen en er vrede heerste over de hele planeet.

Plotseling richtte Blay Farrell zijn ogen op de radio in het voertuig waarin ze zaten. Daar kwamen metalen geluiden vandaan die hij al dacht te hebben gehoord toen hij over zijn schip vloog. De chauffeur probeerde tevergeefs de golf in te halen die communiceerde met het jet-squadron. Het lukte hem niet en alleen de aanwezigheid van de vreemde kolonel Holtzman belette hem een weigering vrij te geven.

Blay Farrell kalmeerde hem:

'Doe geen moeite, jongen. Het is jouw bemoeienis!

"Hoe, kapitein?

De droge vraag werd gesteld door kolonel Holtzman en de piloot probeerde het uit te leggen.

"Boven hebben ze ook onze radio onderschept. Of ik heb het mis, of achter die geluiden kunnen we een metalen stem horen die...

Blay Farrell had geen ongelijk. De autoradio begon te zoemen:

"We hebben een storing ... We hebben een storing ... We hebben een storing ...

Terwijl hij onvermoeibaar doorging met het monotone gezang, dit keer, de aanwezigheid van de vrouw vergetend, was het kolonel Alster Holtzman die eruit flapte:

" Duivels! Verdomme! Ze sluipen rond onze planeet en nadat ze onze radio hebben onderschept, kunnen ze alleen maar aankondigen dat ze een fout hebben ...

Hij draaide zich boos naar de radio en bleef brullen:

'Nou, maak dat je wegkomt en we zullen je opknappen, verdomme!

Vreemd genoeg veranderde het lied en herhaalde het zichzelf keer op keer deze woorden:

"Laten we uitgaan ... Laten we uitgaan ... Laten we uitgaan ...

Alster Holtzman wendde zich tot zijn officieren en riep uit volle borst:

"Let op! Alle wapens klaar!

Vijfhonderd mannen plaatsten hun angstige pupillen op de twee bolvormige schepen. Duizend handen balden hun wapens, klaar om te vuren. Even leek het stil in dat afgelegen gebied van de Prestwich Base, alleen verscheurd door de lucht door de passen van de jets die op grote hoogte vlogen, ook klaar om in te grijpen met hun atoombommen.

Het geluid dat volgde, had Lise Borg misschien kunnen herinneren aan het zachte gesis van haar koffiepot, toen ze haar ochtendkoffie zette, of toen de snelkookpan aankondigde dat het eten klaar was.

Maar tenslotte, een specialist in akoestiek, identificeerde hij het gesis als de drukontsnapping van een poort wanneer deze werd geactiveerd, toen deze werd geopend. En plotseling trof een intens witte lichtstraal zijn pupillen.

HOOFDSTUK VIII

Het licht kwam uit een luik dat was geopend in een van de kosmische ruimteschepen en zou hen verblind hebben als het, beetje bij beetje, alsof door de intensiteit ervan te regelen, niet was teruggebracht tot de normale lamp van een 100 watt lamp.

Een opvouwbare metalen ladder verscheen door die verlichte deur en al snel, onbewogen en star als automaten, begonnen de vreemde bemanningsleden af te dalen.

Het was een uniek moment, ongeëvenaard, in de geschiedenis van de mens, op aarde!

Het waren robotten!

Ja, een dozijn twee meter hoge, brede, massieve robots met gelede ledematen, die de metalen platen van hun grote voeten op de treden van de ladder leggen.

Toen ze de grond bereikten, stopte het ritmische geluid van hun voetstappen en, altijd in een enkele rij, degene die hen voorging, veranderden ze van richting, ritmisch marcherend naar het beton van de sporen.

Het was een geweldig en vreemd tafereel.

Mechanische wezens!

Dat waren de bewoners van andere werelden?

Absurd: iemand moet ze hebben gemaakt, noodzakelijkerwijs.

Eindelijk werd de rij van twaalf robots gestopt op baan nummer één en daar draaiden de mechanische poppen als gedisciplineerde soldaten rond. Ze bleven star en onbeweeglijk, alsof de batterijen of de energie die hen bezielde uitgeput waren. Alleen een blauwe flikkering in een van de gaten in hun vierkante, metalen humanoïde hoofden kondigde aan dat dit niet het geval was.

Kolonel Holtzman kon eindelijk de mond houden die hij tegen zijn wil had opengehouden. En hij fluisterde met zachte stem:

"Nou, heren... Laten we onze bezoekers begroeten!

Met één hand stopte hij de beweging van Lise Borg die op het punt stond Kapitein Blay Farrell te volgen, en beval het blonde meisje:

"Nee dame, nu zal ze een braaf meisje zijn en hier blijven. Alleen de kapitein en mijn assistent zullen me vergezellen. Uw aanwezigheid zou hen kunnen storen en ... "hij pauzeerde en wilde er allemaal een grap van maken, vervolgde hij." moet niet gewend zijn om zulke mooie vrouwen te zien!

De beleefdheid en de energieke kolonel's opmerkingen hadden dat feestelijke karakter, want alles was veel beter uitgepakt dan ze aanvankelijk hadden verwacht. Gelukkig konden de eerste contacten met de vreemde bezoekers niet vreedzamer zijn, en dit is wat de kop van de basis grap maakte.

Lise Borg protesteerde niet en toen de drie mannen honderd meter verder waren, meende Blay Farrell:

'Ik denk dat ik alleen moet naderen, kolonel.

'Waarom, Blay? Wil je later opscheppen over de prioriteit van deze sensationele ontmoeting?

'Ik meen het, kolonel. Ze kunnen gevaarlijk zijn!

'Ik denk het niet, Blay... Kijk eens goed naar ze: het lijken perfect gedisciplineerde soldaten. Ik wou dat mijn mannen zo standvastig zouden blijven! Het is fijn je te zien!

De drie mannen gingen verder en slaagden erin meer details te onderscheiden toen ze de twaalf gevormde robots naderden. Ja: ze hadden twee sleuven in het hoofd als ogen en een onderste, alsof het de mond was. Door het hele ensemble heen kon je zien dat wie hun bouwers ook waren, ze hadden er alles aan gedaan om ze een menselijk uiterlijk te geven.

Het werd dus aangeduid door die gelede armen en benen, met vingers aan de handen, die in staat zouden kunnen zijn tot passende bewegingen, om gebruiksvoorwerpen te hanteren. Het lichaam was stevig, vierkant als hun hoofden, verbonden met de romp door een spiraal die het mogelijk moest maken het bovenste deel naar rechts en naar links te bewegen.

Blay Farrell berekende dat ze, hoewel ze van staal-aluminium waren gemaakt, net zo goed duizend kilo konden wegen; het hing allemaal af van het ingewikkelde mechanisme dat erin zat.

Met nog maar een paar meter te gaan deed Blay Farrell opzettelijk een paar stappen naar voren, de kolonel en zijn assistent achterlatend. En ondanks de nieuwe verrassing kon hij niet anders dan glimlachen toen hij zag dat, zeker bewogen door foto-elektrische cellen die hun nabijheid aankondigden, de eerste robot die de formatie leidde, zijn metalen arm uitstak en zijn hand uitstak.

De spleet van zijn mond flikkerde met blauwe tinten en zijn metalen, koude en onpersoonlijke stem begroette:

"Hallo hoe gaat het...? Hallo hoe gaat het? Hallo hoe gaat het?

Blay Farrell berekende dat de litanie onvermoeibaar zou doorgaan totdat hij antwoordde en met de golven van zijn stem dat radiocircuit onderbrak, geactiveerd door het elektronische brein dat aan het werk was gezet toen hij dichterbij kwam. En daarom antwoordde hij, nog steeds glimlachend:

'Heel goed, vriend. En jij?

Hij vergiste zich niet: de herhaalde vraag van de eerste robot werd vervangen door andere woorden, ook onvermoeibaar herhaald:

"Beschadigd ... Beschadigd ... Beschadigd ...

Kolonel Holtzman en zijn assistent bleven achter Blay Farrell staan en keken toe hoe de jonge piloot de metalen hand van de robot schudde. En het hoofd van de basis zei:

"Laten we de introducties bewaren, Blay! Dit lijkt me allemaal belachelijk! Een legerkolonel die een paar metalen poppen salueert, God weet waar ze vandaan komen!

Blay Farrell wendde zich tot hen, altijd glimlachend:

'Ze zijn misschien beledigd, kolonel! Je moet gelijk hebben, vind je niet?

"Juist? Wat hebben ze ons laten schrikken! Kijk naar degene die ze hebben gevormd!

'Wij, meneer, niet zij. Diep van binnen, geloof me, ik ben blij dat het alleen om robots gaat. Dat bevrijdt me van het geweten dat ik drie schepen zoals die twee heb gedesintegreerd.

Holtzman vergat de opmerkingen van de kapitein, tegenover de eerste robot, die zijn lied bleef springen:

'En het andere schip? Waarom gaat het niet open?

"Het is niet nodig ... Het is niet nodig ... Het is niet nodig ...

"Wat is er niet nodig?" brulde het hoofd van de basis. "We moeten weten wie erop zit! Als ze er niet ook uit komen, gaan we ze halen!

"Ze zullen verkeerd doen ... Ze zullen verkeerd doen ... Ze zullen verkeerd doen.

Neuzen! Geen enkele robot, hoe perfect ook, kan me vertellen wat ik wel en niet moet doen op deze basis. Is dat duidelijk, vriend? En als ik besluit om mijn mannen dat artefact te laten betreden... zullen ze binnenkomen!

"Het zal erger zijn ... Het zal erger zijn ... Het zal erger zijn ...

"Wauw! "schreeuwde de kolonel." En daarboven bedreigt het ons!

De eerste robot begon het herhaalde antwoord te formuleren, toen Blay Farrell instinctief zijn spreekcircuit moest hebben onderbroken toen hij zich tot kolonel Holtzman richtte:

"Alstublieft meneer. Ik denk dat we niet opgewonden moeten raken. Tot nu toe, hoe verrassend het ook mag zijn, alles is beter dan we dachten. Ik vraag uw toestemming om te proberen dit alles op te helderen.

"Goed, kapitein. Praat zoveel je wilt met die stijve stalen poppen! Ik ben oprecht als ik zeg dat het me belachelijk lijkt om dat te doen. De planeet die ze stuurde moet wat attenter zijn geweest. Een man kan niet proberen het te begrijpen een machine!

'Waarom niet, kolonel? Als de machine intelligent reageert, mag de mens niet minder zijn.

„Ga uw gang, kapitein! Ze zijn allemaal van jou.

"Waarom haal je ze niet hier weg? Je kunt cybertechnici bellen om de besturing van deze machines te bestuderen. Uit de werking, uit de vorm en materialen waarmee ze zijn vervaardigd en uit andere tests, kunnen we veel consequenties trekken.

Alster Holtzman keek over de schouder van de jonge kapitein naar de twaalf bizarre robots in de rij en zei twijfelend:

'Nou... Nu is het nodig dat ze u gehoorzamen en niet weigeren u te volgen, kapitein. Maar aangezien ze u zo vriendelijk lijken, ga uw gang!

Blay Farrell benaderde de eerste robot opnieuw, maar wilde experimenteren of degene naast hem in de rij ook kon praten en vroeg hem direct:

"Kun je me volgen? Er zal je niets overkomen. Ik denk dat we veel te verwerken hebben...

Het antwoord kwam opnieuw van de eerste robot die de formatie leidde, die zelfs zijn hoofd in de richting van de jonge piloot draaide en antwoordde:

"Ze spreken niet ... Ze spreken niet ... Ze spreken niet ...

'Het is goed. Geef me antwoord. Kun je me volgen?

'We volgen je... We volgen je... We volgen je.

Blay Farrell wendde zich zelfvoldaan tot de kolonel en zijn assistent, die niet minder verbijsterd waren dan de basiscommandant:

'Geregeld, kolonel. Op weg!

"Onderweg ... Onderweg ... Onderweg" begon de eerste robot onvermoeibaar te herhalen, gevolgd door de andere elf.

Maar vóór de ongewone parade die hij voor zich zag voorbijtrekken, zei kolonel Alster Holtzman tegen zijn assistent:

'Zeg tegen de mannen dat ze waakzaam moeten zijn.

"Nou meneer.

"Het is mogelijk dat terwijl ze ons vermaken met die robots, de bemanning van het andere schip ons zal proberen te verrassen.

'Juist, kolonel. Ze kunnen als aas worden verzonden!

'Ik vertrouw het helemaal niet! En ik ga...

Kolonel Alster Holtzman bleef opnieuw achter met zijn mond open en onderbrak hem toen de eerste robot zei dat hij zijn woorden opving toen zijn circuit hem passeerde:

"Er is geen bedrog ... Er is geen bedrog ... Er is geen bedrog.

Het hoofd van de basis kon het niet helpen, maar riep uit:

" Geweldig...!

HOOFDSTUK IX

De oude professor Curt Hartman beval, zijn stem langzaam maar nu boos:

'Je moet ze allemaal doden! Die klootzakken weten te veel!

Een van de mannen voor hem durfde erop te wijzen:

'Sorry leraar. Maar dat zou argwaan wekken.

"Als het goed gaat, zijn er geen verdenkingen. Het moet op een ongeluk lijken!

"Het is dat ... Vijf mensen en met zulke hoge posities, professor ...

'Ik zal ervoor zorgen dat ze elkaar ontmoeten op het landgoed van de minister van Defensie. Kolonel Holtzman en Kapitein Farrell zullen niet aarzelen om de benoeming van de idiote generaal Paul Quiin bij te wonen. De twee staan immers onder zijn direct bevel.

'En juffrouw Lise Borg, professor?

"Hij zal ook komen. Je ontvangt een bericht van je lieve vriend, kapitein Blay Farrell.

"Goede leraar. Zullen de ingenieur Hokusai en de astronoom Silvio Lembo ook op de boerderij zijn?

"Ik heb gezegd dat ik ervoor zal zorgen dat ze er alle vijf zijn! De wetenschapper antwoordde geïrriteerd.

Nog een van de mannen die had gezwegen, durfde hij te zeggen.

'Zou het niet beter en nuttiger zijn om ze te vervangen, professor Hartman?

"We hebben het materiaal niet; Tot een nieuwe zending moeten we gewone middelen gebruiken, ook al zijn die minder praktisch en bruter.

"Goede leraar. Gassen? Kogels? Of heb je dat liever...?

"Een brand" hield de oude professor tegen.

En beetje bij beetje, als verklaring voor het gebruik van die methode, voegde hij eraan toe, om de bevelen aan zijn mannen uit te breiden:

'Ik weet zeker dat deze kleine generaal, sinds hij tot minister van Defensie is benoemd, zijn recreatiedomein de grootste vooruitgang heeft geboekt. Ja, heren ... Generaal Paul Quiin profiteert van zijn goede salaris om zich te omringen met zoveel comfort als een oude farao van Egypte. Airconditioning, verwarming, een zwembad met warm water aangepast aan de omgeving, een speciaal radiostation om van daaruit de meest dringende zaken te verzenden zonder uw rust te onderbreken ... Uw boerderij is een authentieke perfectie! Allemaal met elektriciteit.

Hij pauzeerde, terwijl hij zijn bezoekers vergezelde, om toe te voegen:

"En op een boerderij als deze kan een kortsluiting per ongeluk ontstaan. Als het goed is, zal binnen een paar minuten alles verbranden.

"We zullen naar de boerderij moeten om dingen voor te bereiden.

"Perfect! Denk je dat ze je kunnen verdenken? Kom op, Anderson... Wees niet naïef! Je bent nu een van de vertrouwde mannen van onze nieuwe minister van Defensie. Vergeet niet dat je de persoonlijkheid van Ike bezet Anderson.

"Ja leraar.

"Ga... ik zal ervoor zorgen dat de vijf morgen op de boerderij worden verzameld:

'Alles komt goed,' moedigde de grotere man zichzelf aan.

Bij hun commentaar staarde de bejaarde professor Curt Hartman hen aan, al bij de deur, en zei:

"Ik hoop het! Zo niet... Weet je, mensen.

Maak je geen zorgen, professor. Tot ziens!

"We zullen je zien op de bijeenkomst van de Galactische Centrale Regering, wanneer ze ons bellen om ons op de hoogte te stellen ... het droevige nieuws.

Toen zijn bezoekers hem met rust lieten, liep de atomaire wijze weer door zijn kantoor, trok een wandtapijt terug dat een van de walnoten muren bedekte, en wees over zijn schouder naar de deur en beval een andere man die daar verborgen was gebleven.

"Zorg goed voor ze... Dan moeten ze ook sterven, in dat vuur,

De kleine man opende zijn lippen niet toen hij zei:

Ja, professor Hartman.

* * *

Het was tijdens de briefing van 18:00 uur dat Blay Farrell en zijn vrouw Lise Borg van het ongeval hoorden. Blijkbaar had een uitslaande brand praktisch het hele recreatiedomein van de minister van Defensie, generaal Paul Quiin, verteerd. Helaas waren ook de cybernetische ingenieur Hokusai Aki en de beroemde astronoom Silvio Lembo door het als gasten te gast te hebben allebei gestorven.

Evenzo was de assistent van generaal Paul Quiin ook dood aangetroffen, hoewel kolonel Ike Anderson in de tuin werd gevonden, samen met een andere niet-geïdentificeerde man. De vier bedienden van de boerderij hadden geen tijd gehad om zichzelf te redden en de experts verzekerden dat het ongelukkige ongeval te wijten was aan kortsluiting. Het laatste nieuwsbulletin voegde eraan toe dat later een ander lichaam kon worden geïdentificeerd, dat van kolonel Alster Holtzman, hoofd van Prestwich Base, bleek te zijn.

Later ging de informant naar ander nieuws van minder belang en Blay Farrell, erg getroffen door die verliezen, activeerde de afstandsbediening vanaf de bank om het scherm uit te schakelen.

Zijn pupillen waren vastgeklonken aan die van zijn jonge vrouw en de man zei schor:

"Arme! Wie kan zoiets bedenken!

Lise nam de handen van haar man in de hare en fluisterde:

'Je hield erg veel van kolonel Holtzman, nietwaar?

"Hij was een integere man. Iedereen op de basis hield van hem.

Ze stond ijverig op, opende de kast om de koffers eruit te halen en kondigde aan:

'We moeten terug. Kolonel Holtzmans weduwe zal getroost zijn u te zien op de begrafenis.

'Maar het is onze huwelijksreis, Lise.

'Doe niet zo gek. Ik weet dat je dat diep van binnen liever zo hebt. Het zou verkeerd zijn om begrafenissen te missen.

Blay Farrell protesteerde niet meer toen hij zich herinnerde hoeveel het hem had gekost om die dagen verlof te krijgen om te trouwen. Desgevraagd had kolonel Holtzman hem eraan herinnerd dat de tijd nog niet rijp was. Op de Prestwich-basis lagen nog steeds die twee buitenaardse schepen, en de bevelen van generaal Paul Quiin, als minister van Defensie, waren sinds die gebeurtenissen nog strenger geworden: niemand mocht de basis betreden of verlaten, behalve met een door hemzelf ondertekende speciale toestemming . Het verrassende nieuws mocht nog niet naar buiten worden gebracht en de veiligste manier was om al het personeel te isoleren.

Maar tijdens de geheime bijeenkomst in het kantoor van kolonel Holtzman had de minister van Defensie zelf Blay Farrell die dagen verlof gegeven, nadat hij had verzekerd dat ze dit met niemand zouden bespreken, als een soort beloning voor het feit dat hij als eerste de confrontatie met de vreemde schepen, waarvan hij met zijn atoomraketten drie had uiteengevallen.

Terwijl Lise verder ging met inpakken, herinnerde hij zich lui die bijeenkomst waaraan zij ook hadden deelgenomen, als centrale personages. Bij de minister van Defensie en kolonel Holtzman waren de cybernetische ingenieur Hokusai Aki en de beroemde astronoom Silvio Lembo.

Nu vier van de zes die de bijeenkomst hadden bijgewoond waren overleden, worstelde Blay Farrell door de rook van zijn sigaret om die scènes op te roepen. Hij dacht nog steeds dat hij zijn baas zag, toen kolonel Holtzman hem generaal Quiin, de ingenieur Hokusai en de astronoom Lembo, de twee robots in zijn kantoor liet zien:

"Daar heb je het! 'Ik had het ze verteld.' Dat is alles wat vanuit de hemel op ons is neergedaald. De planeet die ze stuurt, onderscheidt zich niet precies door zijn delicatesse. In plaats van ons wat intelligent vlees en bloed te sturen, waar ze ook van gemaakt zijn, sturen ze ons die lelijke machines.

De confrontatie met de enige robot die kon praten was echter zeer winstgevend.

En heel interessant.

Als ingenieur in cybernetica, een specialist in de wetenschap wiens doel de studie van controle en communicatie in machines is, begreep Hokusai Aki al snel dat een circuit in het elektronische brein van die robot een kleine fout had. Het feit dat hij de woorden onvermoeibaar herhaalde totdat een nieuwe emissie van golven zijn ontvankelijke cellen bereikte en het antwoord uitwerkte, bewees dit.

Hij wilde dat probleem oplossen, voor een beter begrip met de denkmachine, en nadat hij toestemming had gevraagd aan de minister van Defensie, benaderde iets plechtig de robot om te vragen:

"Kan ik proberen die fout te herstellen? We hebben hier ook pratende robots gebouwd en ik ken de techniek. Er zit iets vast totdat een nieuwe emissie, van golven de roller duwt om een ander antwoord uit te werken.

En tot de algemene verbazing was de reactie van de robot volgzaam:

'Doe het... Doe het... Doe het.

IJverig en met zijn behendige handen legde Hokusai Aki de mechanismedoos van de robot bloot, en amper tien minuten later sloot hij hem en kondigde aan:

"Goed: dit is het.

Tussen de rook van zijn sigaret dacht Blay Farrell dat hij de glimlach van alle aanwezigen weer zag, toen de robot volledig, zeer dankbaar antwoordde:

"Dank u: uw werk is schitterend geweest. Je bent zeer bekwaam.

Niet minder ceremonieel en als een goede Japanner had Hokusai Aki gebogen in de oosterse stijl en antwoordde:

" Heel aardig! Maar het was maar een van de cohesiekabels. Hij was gemonteerd op de geleider die de Hertz-golven opvangt.

Generaal Quiin, misschien bang dat ze technische gesprekken zouden voeren, was tussenbeide gekomen:

'Wat is de cohesor, vriend Hokusai?

"Het is een apparaat dat wordt gebruikt in radiotelegrafie-ontvangstations om de aanwezigheid van Hertz-golven te melden, waardoor de circulatie van een lokale stroom die op een ontvangend apparaat inwerkt, wordt vergemakkelijkt. In dit geval zendt het de geluiden door naar de zenuwcellen van het elektronische brein, waar ze worden geregistreerd en het precieze antwoord geven op wat er is gevraagd.

Hierop had kolonel Holtzman gevraagd:

'Bedoel je dat die... die poppen alles kunnen beantwoorden wat je ze vraagt?

Blay Farrell verwonderde zich nog steeds toen hij zich het antwoord van cyberingenieur Hokusai Aki herinnerde:

'Daar zijn ze voor geprogrammeerd, meneer. De geluiden die worden geproduceerd bij het uitspreken van een woord, zetten een roller in beweging die de antwoorden selecteert. Deze geselecteerde tekens werken op hun beurt op een klankdrum die geluid omzet in stem, en dit wordt gespecificeerd in woorden.

"Goed, maar ik veronderstel dat alle geluiden die we kunnen uitspreken bij het formuleren van onze woorden, geen equivalent zullen hebben in het elektronische brein dat deze robot heeft, toch?

Ingenieur Hokusai Aki had zich tot de robot gewend en zei:

"Dat hangt af van de borden die je hebt geregistreerd.

En zonder aarzeling, altijd sprekend met zijn metalen stem, had de robot bevestigd:

"Ik heb twee miljard tekens, waarmee ik alle mogelijke combinaties kan maken.

Blay Farrell en Lise hadden geglimlacht toen ze het gapende gezicht van kolonel Holtzman zagen, een onfeilbaar teken voor hem, dat hij perplex stond.

Toen herinnerde Blay Farrell zich verward alles wat daar met de verbazingwekkende robot was besproken. Hij vertelde hen dat het duizenden jaren geleden waar was dat hun bouwers hen naar de aarde stuurden op een verkenningsmissie en dat ze dus gegevens hadden verzameld over het menselijk ras, waarbij ze alle talen en wetenschappen die ze bezaten onder de knie hadden, in Een poging tot een benadering die tot dan toe onmogelijk was, omdat er op Cygni, de planeet waar de bouwers woonden, ook interne strijd was geweest zoals op aarde en, in zeer korte perioden van haar lange geschiedenis, was de planeet geregeerd door de mannen die droomden van dat contact met andere kosmische wezens.

Op dat moment had de minister van Defensie zelf aan de robot gevraagd:

"Die wezens die de planeet Cygni bewonen... Hoe zijn ze?

De robot had even geaarzeld, alsof hij de omvang van de vraag niet had begrepen, tot hij uiteindelijk antwoordde:

"Intelligente wezens. Beschaafde wezens. Wezens met een hoogontwikkelde wetenschap en techniek.

'Nee, dat is het niet,' hield generaal Paul Quiin vol. Ik bedoel hoe ze fysiek zijn, uiterlijk. Hoe zien ze eruit?

"Prachtig. Mooi Zeer ontwikkeld.

Toen hij hier aankwam, riep Blay Farrell het krimpen op van het meisje dat nu zijn vrouw was en bleef zijn koffers pakken, die had opgemerkt:

"Nou ... Het hangt allemaal af van je concept van schoonheid. Het is een zeer relatieve vraag.

De robot had de spiraalvormige gewrichten van zijn nek verplaatst om Lise Borg aan te spreken en verklaarde:

"De mensen van Cygni zijn superieure wezens. Ze hebben alle andere rassen in hun Galaxy verslagen.

Andere rassen? " had Blay Farrell zelf gevraagd, zeer geïnteresseerd in wat de robot aan hen rapporteerde." Bedoelt u dat er in uw Melkwegstelsel andere planeten zijn met georganiseerd, beschaafd leven?

'Ja. Maar ze worden allemaal geregeerd vanuit Cygni, behalve de Sosia's, omdat ze onoverwinnelijk zijn. Alleen al hun naam geeft aan waarom ze niet verslagen kunnen worden.

Blay Farrell herinnerde zich vooral dit deel van zijn gesprek met het robotcomplex. De vraag van de wijze astronoom Silvio Lembo kwam ook in me op:

"De Sosia's? Wie zijn de Sosia's?

"Uiteindelijk weet niemand hoe ze werkelijk zijn. De Sosia's komen oorspronkelijk van de planeet Amucis in onze Melkweg, maar ze leven door het hele systeem en passen zich aan aan de omstandigheden en het uiterlijk van de planeet waarop ze zijn geïnstalleerd. In menselijke termen gesproken, een Sosias kan veranderen in een hond en erin leven, een olifant, een kat, een kip ... of een man. De vorm van de buitenkant verandert zoals het bij je past en waar je ook heen gaat. Daarom zijn ze onoverwinnelijk, omdat niemand ze kan ontdekken. Maar we weten dat ze bestaan en dat ze zich verspreiden... Ze verspreiden zich altijd!

Deze laatste informatie van de robot leek een gedetailleerd bericht te zijn, dat de mysterieuze bewoners van Cygni van plan waren via hun robots door te geven aan de bewoners van de aarde.

Het geluid van een van de koffers die werd gesloten door zijn vrouw, Lise, leidde Blay Farrell af van deze herinneringen en wilde erachter komen met zijn vraag:

'Ben je echt bereid om onze huwelijksreis op te geven?

'Na dat ongelukkige ongeluk moeten we het doen, Blay.

"Je hebt gelijk. Als die vier mannen dood zijn, blijven alleen jij en ik ooggetuigen van alles wat tijdens die bijeenkomst met Cygni's robot is besproken. Misschien hebben ze ons nodig om uit te wijden over het rapport dat generaal Quiin aan prominente leden van de regering en ...

Er kwam een idee in hem op en hij sloeg op zijn voorhoofd, tot verbazing van zijn vrouw die informeerde:

"Wat is er, schat?

'Verdomme! Hij had er tot nu toe niet over nagedacht.

'Waarop, Blay?

"In dat dit alles zou het werk van de Sosia's kunnen zijn! Weet je het niet meer, Lise? De robot die door Cygni was gestuurd, vertelde ons over deze wezens, in staat zich aan te passen aan alle levensomstandigheden!

"Oh ja! Maar ik denk niet...

'Wie weet, lieverd! Kunnen we er zeker van zijn dat de Sosia's niet al hier op aarde zijn? Als dat zo is, zouden veel dingen opgehelderd zijn, Lise.

De vrouw staarde hem aan voordat ze enigszins verward zei:

'Het is niet mogelijk, Blay. Het zou verschrikkelijk zijn!

"Natuurlijk zou het verschrikkelijk zijn! Op dit moment kun je er zelf niet zeker van zijn of ik echt Kapitein Blay Farrell ben, of een van die vreemde wezens die mijn opwachting hebben gemaakt. En ik... ik kan hetzelfde over jou zeggen!

'Hou je mond, alsjeblieft, Blay. Ik hou niet van dat idee!

Ik ook niet, Lise. Maar ik denk... Weet je nog wat kolonel Holtzman ons aan de telefoon vertelde, toen ik hem belde om hem te laten weten dat we veel eerder getrouwd waren dan we aanvankelijk dachten?

'Wat bedoel je, Blay? Ik herinner me niets dat tegen je gezegd had moeten worden, toen ik hem en zijn vrouw begroette en je de telefoon teruggaf.

'Hij vertelde me wat er op de basis is gebeurd. Iemand heeft alle twaalf robots vernietigd!

"Ja; nu herinner ik me dat je het later met mij hebt besproken. Maar je vertelde me dat kolonel Holtzman de indruk had dat het een ongelukkig ongeluk was geweest en dat ...

'Ja, Lise... alweer een ongeluk! Zoals degene die ze nu hebben geleden. Zie je geen relatie? De robots werden vernietigd door een kortsluiting, ook gelijk aan die op het landgoed van generaal Paul Quiin.

Lise staarde hem aan voordat ze zei:

'Je maakt me ongerust, Blay... Maar ik denk niet dat het een met het ander te maken heeft. Andere mensen zijn omgekomen op het landgoed van generaal Quiin, naast hem, kolonel Holtzman, zijn assistent, de ingenieur Hokusai en de astronoom Silvio Lembo. U hebt zojuist met mij gehoord dat er naast de bedienden ook een andere man was die zich niet heeft kunnen identificeren,

'Ja, maar uit de informatie over de gebeurtenis blijkt dat de assistent van de generaal en de andere persoon niet bij hen waren. Ze zijn gevonden in de tuin.

'Als je denkt dat iemand geïnteresseerd is in het vermoorden van ons allemaal die de informatie zou kunnen horen die Cygni's robot ons gaf, dan heb je het mis. Jij en ik leven nog, Blay!

'Dat is waar, Lise, maar... waarom? Want zelfs de meest intieme mensen wisten niet dat we besloten te trouwen en doelloos op reis te gaan.

Lise Borg wilde zichzelf geruststellen en glimlachte terwijl ze klaar was met inpakken om terug naar de stad te gaan. En met een zeker liefdevol verwijt verwierp hij:

'Soms is je fantasie verrassend, Blay.

HOOFDSTUK X

Zodra ze in de stad aankwamen, toen ze het appartementencomplex binnengingen, benaderde de verantwoordelijke receptioniste hen en zei:

'Dit is voor u gekomen, juffrouw Borg. Maar aangezien hij geen bordje achterliet of zei waar hij heen ging, heb ik...

'Het maakt niet uit, mevrouw Ransky.

Maar toen ze naar de envelop keek en het handschrift van Blay Farrell herkende, was ze verbaasd. Hij ging al de lift in, geladen met koffers en de vrouw bood hem de envelop aan, glimlachend, amusant voorstellend:

'Maak het maar open, lieverd... Of beter gezegd, vertel me uit mijn hoofd wat je me schreef, voordat ik je vrouw was.

Blay Farrell was stomverbaasd en kon de envelop niet aannemen omdat zijn handen vol waren. Maar hij protesteerde:

'Je schrijven? Sorry, maar ik weet dat ik het al een eeuw niet heb gedaan. De laatste weken van ononderbroken dienst op de basis hadden me erg druk en...

'Nou, het is jouw handschrift. Zie je niet?

Blay zette de koffers neer en nam de envelop aan. Hij draaide het om in zijn handen en pruilde van verbazing toen hij zei:

'Ik begrijp het niet, Lies!

Toen hij erin slaagde het geschreven briefje eruit te krijgen, werd hij nog vreemder. Daar stond het, geschreven in zijn handschrift en zijn handtekening:

"Een kleine verandering, Lise:

'Ik wacht vanmiddag op je op het landgoed van generaal Quiin. Hij ontmoet ons daar om te praten over dingen die ons allebei interesseren. Mis het niet, schat.

"Blaas."

De hand van de astronaut-piloot wrong het papier nerveus tussen zijn vingers. Toen bedacht hij het beter en maakte het uit, om het briefje te herlezen dat door hem leek te zijn geschreven.

Hij zei niets tegen de vrouw, maar Lise begreep het. De stem van haar man veranderde toen hij eindelijk vroeg:

'Wat zeg je nu tegen me, Lise? Iemand heeft je dit briefje geschreven, zodat je naar de boerderij van de generaal kon gaan en daar ook de dood kon vinden.

'Maar... je hebt het niet geschreven, Blay?

"Uw vraag is absurd. Sinds we de basis hebben verlaten, zijn we niet gestopt met samenzijn, behalve wanneer ...

'Dus ik... ik... Ze wilden mij ook vermoorden! Het is verschrikkelijk!

"Erger dan dat, Lise. Het is monsterlijk! Wie het ook is, de klootzak wist niet dat we besloten te trouwen en dacht dat je naar huis zou komen, dit briefje met mijn handschrift zou ontvangen en naar de date zou gaan ... Een vuile valstrik !

Instinctief benaderde de vrouw de man om te zeggen:

"Ik ben bang, Blay!

Zodra ze bij het appartement waren, plofte Lise op de bank. Hij verborg zijn gezicht in zijn handen en vroeg van daaruit aan de man die de andere kamers bekeek:

'Dus... je denkt echt dat het moord was?

"Ja schat. Ik geloof het steeds meer!

'Wat gaan we doen, Blay?

"Bel de politie en stel ze op de hoogte. Ik zal ook luitenant Dickson bellen en hem vragen om zelf navraag te doen op de basis. Ik zei je dat de kortsluiting die de robots daar vernietigde, iets te maken had met de andere kortsluiting op de boerderij van de generaal.

"Maar... Wie zou het geweest kunnen zijn?

'Ik weet het niet, lieverd. Maar de meest interessante vraag is... Waarom?

'Ja klopt. Dat moet allemaal een reden hebben.

"En het moet een heel belangrijke reden zijn. Iets wat te maken heeft met de komst van de ruimteschepen van de planeet Cygni.

'Wat was er op het andere schip, Blay?

"Niets! En dat is nog een mysterie, Lise. De dingen zijn snel vooruit gegaan en we hebben het niet kunnen ontdekken.

"Het is niet mogelijk dat er niets in zat.

"Dus dat is het. Cygni's pratende robot vertelde ons dat het andere schip ook door robots werd bemand. Kolonel Holtzman stuurde een groep technici om achter hen aan te komen. Ik denk dat de deur openging, hij lichtte op en er is iets verrassends... Er was niemand binnen!

'Wie zou het dan kunnen bemannen?

"En wat ik weet? De technici gingen erin en kwamen naar buiten met de mededeling dat het schip leeg was.

"Misschien bestuurd door een afstandsbediening, van Cygni?

"Onmogelijk, Lise! Als astronoom en uit de gegevens en afstanden die de robot ons gaf, berekende professor Lembo dat deze planeet ongeveer twintigduizend lichtjaar van ons zonnestelsel verwijderd is. Hij leidde af dat de zon of de ster die die verre wereld, moet zich in het sterrenbeeld Weegschaal bevinden, en het is volkomen ondenkbaar dat een schip op zo'n grote afstand met een afstandsbediening kan worden bestuurd.

"Twintigduizend lichtjaar verwijderd! "Herhaalde de vrouw." Hoe is het mogelijk dat die schepen van Cygni hier zijn gekomen?

"Afstanden bestaan niet voor hen, omdat de middelpuntvliedende kracht die hen beweegt, de snelheid van het licht met twintig- of dertigduizend vermenigvuldigt. Door hun totale bolvorm glijden ze met de gladheid van een atoom door de hyperruimte. Maar toch, vertelde de robot ons, duurt het vele jaren om ons te bereiken en dat is het probleem dat zijn bouwers, de inwoners van Cygni, niet kunnen oplossen. Als ze zelf zouden komen, in plaats van hun robots te sturen om contact met ons te zoeken, zouden ze heel oud aankomen. Of dood!

De stilte die volgde op de uitleg van Blay Farrell werd verbroken na een paar minuten nadenken, toen de vrouw zei:

'Maar Blay... ik denk dat er nog iets anders volgt uit wat je zei.

'De wat, Lise?

"Dat die... die Sosia's waar je bang voor bent, al hier zijn, onder ons, die konden ook niet aankomen. De afstand is enorm en zo'n reis zouden ze niet doorstaan.

"En wie vertelt ons dat ze zich niet alleen kunnen aanpassen aan elke vorm van leven of uiterlijk, maar ook niet de kracht hebben om lang te leven, maar veel meer dan wij of de inwoners van Cygni?

'Bedoel je dat het onsterfelijke wezens kunnen zijn?

'Ik weet het niet, Lise. Ik heb het gevoel dat we aan het ronddwalen zijn. En God geve dat het zo is!

Hij pakte de intercom om contact op te nemen met de politie en op dat moment ging de bel. Lise stond vermoeid op om te gaan, maar haar man hing op en riep uit:

"Nee, Lise! Doe jezelf niet open!

De twee zaten heel dicht bij elkaar in de gang en ze belden opnieuw. Ze keken elkaar ongemakkelijk aan en ze wilde kalmeren, denkend:

"Het zal de receptioniste zijn. Mevrouw Ransky moet me iets vergeten zijn te vertellen.

'Ja, Lise... Doe open, maar ik zal in die kamer toekijken. Ik wil je niet bang maken met mijn voorzorgsmaatregelen en gedachten, maar ze doen geen pijn, gezien alles wat er gebeurt. Oke schat?

'Je beveelt, mijn liefste.

Minuten later begroette de openhartige en vriendelijke glimlach van luitenant Pat Summer de eigenaar van het huis:

'Hoe gaat het met je, Lies?

Lise Borg was nog een beetje huiverig; bezorgd over alles waar ze het met haar man over had gehad. Van deze aarzeling maakte de jonge piloot gebruik om te informeren:

'Mag ik binnenkomen, juffrouw? Het spijt me! Ik bedoelde mevrouw Farrell.

Bij binnenkomst informeerde de joviale bezoeker rondkijkend:

'Is Blay daar niet?

'Nou... nu komt het. Wil je niet wat drinken, Pat?

"Nee, niets. Bedankt, Lise.

Toen, bijna zonder overgang en hem aanstarend, vroeg de bezoeker op een wat vreemde manier:

'Waarom bent u niet naar het landgoed van generaal Quiin gegaan?

Lise Borg stond daar voor hem, verzinkt. Voor hem stond de jonge piloot Pat Summer, een van Blay Farrells beste teamgenoten. Maar waarom stelde hij die vraag? Wat wist hij van het briefje dat de receptioniste hen had gegeven zodra ze het gebouw binnenkwamen?

De vrouw wilde tijd winnen om te reageren en uit haar verbazing te komen en informeerde op haar beurt:

'Wat zei je, Pat?

Er waren geen vriendelijke of vriendelijke intonaties meer in de stem van de jonge piloot, die zei:

'Waarom ging je niet naar het landgoed van generaal Quiin? Blay zou je daar citeren. Nietwaar, Lise?

Ze veranderde ook haar intonatie en staarde hem aan, terwijl ze antwoordde:

'Dit zijn dingen waar je niet om geeft, Pat.

"Je hebt het mis! We geven hier veel om ...

"VS? Over wie heb je het, Pat?

"Het doet er niet toe... Alleen zal het nu anders moeten.

Lise Borg voelde haar benen trillen. Maar wetende dat Blay vanuit de kamer ernaast naar hen luisterde, moedigde haar aan en vond de moed om hem opnieuw uit te nodigen:

Ga zitten, Pat. Dus je kunt me die vreemde houding uitleggen. Je was altijd een aardige en beleefde jongen en nu...

'Je weet niet hoe ik altijd was!

Zijn minachtende uitroep werd ingehouden door het wapen in zijn linkerhand, terwijl hij opnieuw sprak terwijl hij met zijn rechterhand naar de bank wees:

'Ga daar zitten, lieve Lise... ik ga je een injectie geven.

Lise Borg stond bijna op het punt te schreeuwen en haar man te roepen. Maar hij berekende snel dat als Blay niet kwam, het voor iets was, en riep alle rust op die hij zwak had om zwak te fluisteren:

'Waar gaat dat over, Pat? Nee... ik begrijp het niet!

Pat Summer glimlachte toen hij de bange vrouw voor zich zag beven. Hij bleef het pistool in zijn linkerhand op haar richten, terwijl hij met zijn rechterhand, in de bodem van zijn uniformzak gravend, bleef zoeken naar iets dat hij probeerde eruit te halen.

Ten slotte zette hij een spuit en een buis die een injectienaald leek te bevatten op tafel, schudde een kleine container, voor de blauwe ogen van zijn slachtoffer, en kondigde aan:

"Vrees niet, lieve Lise... Het is pijnloos en je zult slapen... Je zult voor altijd slapen!

"Oh mijn god! Ben je... ga je me vermoorden, Pat? Maar waarom?

'Zelfs als ik je mijn redenen probeer uit te leggen, zul je ze niet begrijpen, Lise. Geloof me!

'Maar je wilt me vermoorden! Zoals u deed met generaal Quiin en zijn gasten!

Pat Summer leek grotesk te glimlachen en riep uit:

" Wauw! Dus je denkt dat generaal Quiin en zijn gasten niet per ongeluk zijn overleden, of wel, Lise? Sorry, maar ... Je moet ophouden te bestaan!

Met gespannen zenuwen, met zijn regulatiewapen in de hand, luisterde Blay Farrell naar dit alles en worstelde hij om niet in te grijpen, verlangend om meer te leren; leer meer over het geheim achter dat alles.

Maar de bedreigde vrouw was Lise, zijn vrouw, die boven alles verafgood werd en hij kon niet meer denken dan dat.

Dus liep hij gestaag door de gang en riep, wijzend naar de schurk:

'Laat het pistool vallen, Pat! Laat haar los, of in godsnaam laat ik je droog achter!

Pat Summer gehoorzaamde niet. Hij slaakte een kreet van een in het nauw gedreven beest terwijl hij zich bedrogen en verrast voelde, terwijl hij zich op zijn hiel omdraaide om zijn wijsvinger te activeren. De kogel passeerde binnen enkele centimeters van Blay Farrells schouder toen hij op de grond viel en op zijn beurt vuurde.

En zijn schot was dodelijk.

Pat Summer boog zich voorover als een droge tak afgebroken door een orkaan en sleepte in zijn val het tafeltje mee waar hij de injectiespuit en het buisje met de injectienaald had neergezet.

En toen gebeurde er iets totaal onverwachts en verrassends.

Het kleine flesje waarmee Pat Summer voor Lise's ogen had gezwaaid, brak toen het de grond raakte. Een dichte wolk van blauwachtige rook barstte los, de vloeistof begon te groeien en te groeien, alsof het zich in contact met de lucht vermenigvuldigde, zich concentrerend op een grote vlek die zich door het tapijt begon te verspreiden.

Doodsbang, haar zenuwen gebroken, rende Lise Borg naar de armen van haar man, die zijn ogen niet afwendde van die rode, vloeibare en slijmerige vlek, die een eigen leven leek te leiden en op weg was naar het lichaam van Pat Summer. .

Toen de rode vlek de hand van de dode man bereikte, kroop hij langs zijn vingers omhoog, en terwijl hij dat deed, terwijl hij hem bezwangerde, werd het vlees dunner en werd op zijn beurt een meer rode vloeistof die gestaag groeide en groeide.

" Het is verschrikkelijk! De vrouw schreeuwde, doodsbang,

"Ja, Lise... Verschrikkelijk, maar tegelijkertijd... Geweldig!

Het was, omdat voor zijn ogen, op amper drie meter afstand, de rode vloeistof het lichaam bleef doordringen van wat piloot Pat Summer was, en terwijl het dat deed, verdween het lijk, borrelend alsof het kookte.

Omdat ze niet getuige was van het afschuwelijke schouwspel dat hen tegelijkertijd als een krachtige magneet aantrok, viel de vrouw flauw toen de rode vloeistof bleef stijgen en al tot aan haar middel van het lichaam van Pat Summer was weggespoeld.

Blay Farrell voelde haar aangetrokken worden met al haar gewicht, in zijn armen, en hij wist dat hij haar moest wegdragen. Hij was ermee beladen en ontweek de bloedige massa die op de vloer leek te blijven koken zo goed als hij kon, en bereikte de uitgang om door de gang te gaan.

HOOFDSTUK XI

Toen hij terugkeerde naar het appartement van Lise Borg, kon Blay Farrell zijn ogen niet geloven. Hij bleef naar de grond kijken en herhaalde nogmaals tegen inspecteur Hoffenblad:

'Ik zeg je dat alles hier voor ons zicht is gebeurd!

Lewis Hoffenblad, een man die gewend was om de meest ongewone gevallen te behandelen, raadpleegde in zijn lange professionele carrière een notitieboekje met de eerste verklaringen van kapitein Blay Farrell en zei kalm:

'Laten we in delen gaan, kapitein. Blijft u volhouden dat de man die u kwam opzoeken luitenant Pat Summer was?

'Hoe kan ik niet aandringen, inspecteur? Zowel mijn vrouw als ik kenden hem perfect. Hij was ook gestationeerd op Prestwich Base!

De politieagent toonde geduld en vroeg opnieuw:

'Waarom zegt u dat we elkaar hebben ontmoet en waren, kapitein Farrell? Denkt u dat luitenant Pat Summer niet meer bestaat?

"Natuurlijk! We hebben hem stukje bij beetje voor onze ogen zien verdwijnen, inspecteur!

Lewis Hoffenblad keek even naar zijn twee geüniformeerde officieren en antwoordde toen:

"De dobbelstenen verdwenen opgegeten door de rode vloeistof die uit het kleine flesje in zijn hand gutste. Is het niet zo?

'U gelooft me toch niet, inspecteur?

'Nou, kapitein... De waarheid is dat er hier geen spoor is van alles wat u zegt dat er voor uw ogen is gebeurd!

"Niet alleen voor die van mij, maar ook voor die van mijn vrouw.

"Het slechte is dat zijn vrouw nu niet kan worden ondervraagd. Hij ligt nog steeds in het ziekenhuis, bewusteloos.

"Als hij hersteld is, zal hij mijn woorden kunnen herhalen. En hij zal je vertellen over het tapijt, dat ook verdwenen is!

" Reeds...! In combinatie met het lijk, de flacon met de mysterieuze rode vloeistof, de tafel, de spuit, de injectienaald ... En alles! Goed, kapitein?

Blay Farrell begon zich te ergeren, zelfs aan zichzelf. Het leek allemaal absurd, maar hij wist dat het waar was.

Of moest hij toegeven dat hij gek was, zoals de politie vast begon te denken?

Hij zweeg, zijn ogen altijd op de vloer gericht, waar hij de rode vloeistof op het tapijt had zien lopen. En toen hij geen teken vond, geen spoor van alles wat er was gebeurd, al moe, beperkte hij zich tot het zeggen:

'Goed, inspecteur. U mag denken wat u wilt, maar ik bevestig mezelf in mijn verklaring. En waarom zou ik u in godsnaam bellen, als niets van alles wat ik u heb verteld hier is gebeurd?

'Dat is een vraag die ik zou willen beantwoorden, kapitein Farrell. Je bent een gewone man, in staat tot hallucinaties.

"Het was geen hallucinatie!

Rustig aan, kapitein. Rustig aan! We impliceren niet dat hij gek is of tegen ons heeft gelogen. Het gebeurt gewoon dat we het moeilijk hebben om alles te geloven wat hij ons heeft verteld.

"Het is natuurlijk. Dit zijn geen dingen die normaal gebeuren, inspecteur.

'Hoe lang was je uit deze kamer?

'Ik weet het niet, inspecteur. Ik kan het niet vastpinnen. Toen mijn vrouw flauwviel bij die afschuwelijke aanblik, vond ik het gepast om haar mee te nemen naar het appartement van haar buurvrouw, mevrouw Hons, om haar daar beter van dienst te zijn, met haar hulp.

'Heeft u de telefoon van mevrouw Hons gebruikt om ons te bellen, kapitein?

"Ja, dat deed ik, toen ik zeker wist dat er een ambulance uit het ziekenhuis zou komen.

'Eens kijken... Dat had allemaal zo'n twaalf of vijftien minuten kunnen duren. Is het niet zo?

'Precies een stuk of twintig, inspecteur. Ik weet het goed, want ik bleef op de klok kijken. Daarna, in de ambulance, vergezelde ik mijn vrouw naar het ziekenhuis en smeekte mevrouw Hons om u te vertellen dat ze er zou zijn, als u arriveerde voordat ik terugkwam.

Een van de agenten in uniform maakte een gebaar om te onderbreken wat zijn baas ging antwoorden:

"Zeg, Jeff", moedigde de inspecteur aan.

"We waren ongeveer een kwartier in het ziekenhuis aan het luisteren", onderbrak hij. "Nou, luisterend naar alles wat de kapitein ons vertelde.

"Bedankt, Jeff, twintig minuten en vijftien is vijfendertig, opgeteld bij ongeveer tien dat het ons kostte om hier te komen en nog eens zeven om je in het ziekenhuis te vinden, komt het neer op tweeënvijftig minuten ... Laten we een uur tellen , tellen wat we lang hebben om hier terug te komen, naar deze kamer.

"In die tijd heeft iemand hier kunnen zijn en het tapijt en al het andere laten verdwijnen.

De berekening van Blay Farrell leek niet vergezocht, maar de inspecteur hield vol:

"En hoe zit het met het verrassende feit dat een goede vriend op die deur klopte met de bedoeling zijn vrouw te vermoorden? Welke motieven zou hij kunnen hebben?

'Neem me niet kwalijk, inspecteur. Er zijn enkele dingen die ik u nog niet heb verteld.

Inspecteur Lewis Hoffenblad keek hem streng en geamuseerd aan terwijl hij hem aanmoedigde:

„Vooruit, kapitein! Waar wacht je op?

'Het punt is... Dit zijn dingen die je nog meer zullen verrassen.

"Meer...? Ik verzeker je dat na wat je ons hebt verteld, er weinig dingen zullen zijn die ons kunnen verrassen, vriend.

"Nou, nou... daar gaat het!

Blay Farrell haalde diep adem, keek de drie mannen een voor een aan en besloot uiteindelijk:

'Ik denk dat luitenant Pat Summer geen mens was... ik bedoel, een wezen zoals wij.

De vraag ontsproot gelijktijdig uit de mond van de drie politieagenten:

'Hoe zegt u dat, kapitein?

"Je hebt het al gehoord. Pat Summer was geen mens. Hij was niet op aarde geboren... Of tenminste, als hij hier was geboren, was hij het de laatste tijd niet... Wel, ik bedoel, er leefde een ander wezen in hem, dat zijn lichaam gebruikte om...

"Stop, kapitein Farrell! "De inspecteur stopte, geërgerd". Ik denk dat we u inmiddels genoeg hebben gehoord en dat ook u in het ziekenhuis had moeten blijven.

Hij wendde zich tot een van zijn agenten en voegde er deze keer krachtiger aan toe:

'Bel een ambulance, Jeff. En laat ze maar komen met het dwangbuis!

Blay Farrell sprong op en deed een paar stappen bij de drie politieagenten vandaan. Hij ging achter de rugleuning van de lange bank staan, zette die zwakke barrière tussen hem en hen en verwierp:

"Ik herhaal dat ik niet gek ben! Je moet naar me luisteren! Er zijn de laatste tijd dingen gebeurd waarvan u en de meeste mensen zich niet bewust zijn! Hebben ze niet gehoord van UFO's, vliegende schotels?

De inspecteur glimlachte en zei:

"Ja, zeker... Maar je bent als een geit!

En toen hij zag dat Blay Farrell bewoog, waaruit bleek dat hij niet bereid was hun handen op hem te leggen, beval hij zijn mannen opnieuw:

"Bij de deur, Jeff. Deze man mag hier niet weggaan! Bel maar Centraal, Guy.

'Tot uw dienst, inspecteur.

Blay Farrell zag dat de agent de telefoon oppakte en schreeuwde opnieuw:

"Niet! Wacht! Het zijn dingen die niet zouden moeten transcenderen! Ik had zelf de opdracht om ze niet bekend te maken! Ze zijn alleen bekend bij enkele leden van de Centrale Galactische Regering! Waarom denk je dat alle luchtbases op aarde in staat van paraatheid staan, zonder hun personeel te laten vertrekken?

Hij zag dat de inspecteur naar hem staarde, maar gebaarde naar agent Guy om niet te bellen. Dat bemoedigde Blay, toen hij zag dat hij zich klaarmaakte om weer te luisteren, en hij flapte eruit:

'Ja, inspecteur... De laatste tijd hebben we contact met bewoners van andere werelden.

Inspecteur Lewis Hoffenblad vroeg scherp:

'Herhaal dat, kapitein Farrell.

'Er zijn twee buitenaardse schepen op Prestwich Base, inspecteur. Ik weet dat maar heel weinig mensen op de hoogte zijn van deze geweldige gebeurtenis, afgezien van het personeel dat daar gestationeerd is, maar wat ik je vertel is de waarheid.

'Zei u twee buitenaardse schepen, kapitein?

'Twee UFO's, of twee vliegende schotels, inspecteur, hoe u ze ook wilt noemen. Ze arriveerden bemand door robots, naar ons gestuurd door de bewoners van de planeet Cygni, die volgens de astronoom Lembo ...

Een moment! Bedoelt u professor Silvio Lembo die stierf op het landgoed van generaal Paul Quiin, bij dat ongelukkige ongeluk?

'Ja, inspecteur. Maar die brand was geen ongeluk. Het was moord!

" Hoe...?

"Ze zullen zich de mensen herinneren die daar stierven. Zij waren, behalve de bedienden en de assistent van generaal Quiin, samen met een onbekende man, die hem vergezelde, aanwezig bij het gesprek dat ze hadden met de robot en ...

De inspecteur wisselde opnieuw zwijgende blikken met zijn twee assistenten en vroeg weer ongelovig:

'Wil je ons laten geloven dat iemand met robots praatte?

"Ja. Kolonel Holtzman, ingenieur Hokusai Aki, astronoom Lembo, mijn vrouw en ikzelf.

Blay Farrell merkte op dat de glimlach op de lippen van de twee agenten geaccentueerd was, terwijl ze hun baas geamuseerd aankeken. Daarom stopte hij:

'Ik weet dat jij het ook heel raar zult vinden, maar zo was het. Samen hebben we het rapport opgesteld voor de minister van Defensie, generaal Quiin.

Lewis Hoffenblad trommelde met zijn vingers op de rugleuning van de bank die hen steeds scheidde van de man die hen dit alles met de grootste ernst vertelde, en slaagde er alleen in te fluisteren:

'Nou, nou, nou... Het is een mooi verhaal, kapitein Farrell. Maar er zijn dingen die niet passen.

"Bijvoorbeeld, inspecteur?

"Ten eerste: als je zegt dat niemand Prestwich Base kan verlaten, wat doe je dan daarbuiten?

"Dezelfde minister van Defensie gaf me toestemming. Ik zou met juffrouw Lise Borg trouwen. Dat heeft ons gered!

"Hoe zeg je?

'Dat als de twee de basis niet hadden verlaten met een onbekende bestemming, op onze huwelijksreis, we nu zeker al dood zouden zijn. Ik heb bewijs van wat ik zeg, inspecteur!

"Welk bewijs?

'Mijn vrouw kreeg een brief waarin ze haar uitnodigde op de boerderij van generaal Quiin, die ze niet kon openen omdat ze afwezig was op die reis.

Wie heeft die uitnodigingsbrief geschreven?

"Wij negeren het. Maar de teksten zijn vervalst. Het is van mij!

" Hoe?

'Dat klopt, inspecteur. De moordenaar hoopte dat Lise na ontvangst van mijn briefje naar de boerderij zou komen, zodat ze daar ook zou sterven.

'Waarom denk je dat ze haar wilden vermoorden?

'Om dezelfde reden dat generaal Quiin en de anderen zijn vermoord. Vanwege informatie die door de robot van Cygni!

Wat voor informatie?

"Hij vertelde ons onder meer over de Sosia's.

'De partners, kapitein? Geloof me, we begrijpen je steeds minder. Ik probeer naar hem te luisteren zonder mijn geduld te verliezen, maar...

'En ik begrijp dat dit je allemaal heel vreemd kan overkomen, als dat niet zo is, het gepraat van een gek, van een gek. Maar ik verzeker je dat het allemaal waar is! U kunt het later controleren, inspecteur.

'Goed, kapitein. Wat zei hij over die Sosia's?

"Blijkbaar zijn het vreemde wezens die in staat zijn zich aan te passen aan andere soorten leven, duizenden vormen aannemen, degene die het beste bij hen past. Luitenant Pat Summer was een van hen!

"Hoe weet je dat?

"Omdat mijn vrouw en ik hem zagen verdwijnen en zijn lichaam in die vreselijke compacte en stroperige vloeistof veranderden. Anders begrijp ik niet hoe hij, als onze oude vriend, hier kwam om Lise te vermoorden.

'Ik verzeker u, mijn hoofd tolt, kapitein. Maar als ik het niet verkeerd begrijp, bedoel je dat deze wezens ... die Sosia's, in elke persoon kunnen leven, ze nemen hun uiterlijk aan. Is het niet zo?

'Ik weet niet hoe ze eraan komen, maar zo moet het zijn. Ik herhaal dat de robot ons ook over hen heeft verteld.

Inspecteur Lewis Hoffenblad had een idee:

"Het beste is om naar Prestwich Base te verhuizen en mij die schepen zelf te laten zien en met de robot te laten praten. Vindt u niet, kapitein?

Blay Farrell antwoordde niet. Hij wist niet zeker of ze hen binnen zouden laten. De bevelen om die geheimen te bewaren waren in ieder geval heel specifiek. Zelf betwijfelde hij hoe terecht hij geweest was om over dit alles te praten, ondanks zijn omstandigheden.

Natuurlijk hadden ze geprobeerd zijn vrouw te vermoorden en hij was er bijna zeker van dat generaal Quiin en zijn gasten niet het slachtoffer waren geweest van een ongeluk, maar van een mysterieuze samenzwering. Hij dacht dat hij zich later tegenover zijn bazen zou verantwoorden en daarom moedigde hij aan:

'We kunnen naar de basis gaan, inspecteur. Wanneer je maar wilt.

HOOFDSTUK XII

Toen ze naar beneden gingen in de lift, toen de deuren opengingen, verschenen twee verpleegsters van het Central Hospital voor hen, vergezeld door professor Curt Hartman. En de atomaire wijze zei tegen de inspecteur:

"Deze man moet onmiddellijk in het ziekenhuis worden opgenomen!

Blay Farrell was doodsbang en verpletterde iedereen alsof hij op zoek was naar een antwoord. De blik van de inspecteur was zo welsprekend dat hij zelfs naar hem glimlachte en zei:

"Ik zei al dat ik gek was, vriend! Alles wat je ons hebt verteld is fantastisch.

Zonder zichzelf tijd te geven om zichzelf te verdedigen, begon professor Curt Hartman te rechtvaardigen:

"Vaak raken astronauten tijdens ruimtevluchten uit hun evenwicht en van streek. Maar met de juiste medische behandeling herstellen ze snel en ...

Het was te veel!

Blay Farrell sprong achteruit en schreeuwde tegen iedereen:

"Neusen! Ik ben helemaal in orde! En ik weet niet waarom u dat zegt, professor Hartman!

'Kom op, kom op, Blay! Wees geen kind. Je weet dat je zorg nodig hebt!

" Mij?

'Jij, mijn vriend, jij. Anders zou hij zijn vrouw niet hebben aangevallen.

'Ik val Lise aan? "Hij herhaalde." Hier, degene die gek is, ben jij!

De prestigieuze atoomgeleerde negeerde hun protesten op een kalme en kalme toon en richtte zich tot de inspecteur en zijn twee agenten:

'Neem me niet kwalijk, maar deze man moet onmiddellijk worden opgenomen. Als hij iets met u in behandeling heeft, kunt u hem over een paar uur in het Centraal Ziekenhuis zien. Maar nu...

Het stille signaal dat hij gaf aan de twee verpleegsters die hem vergezelden, zette Blay Farrell opnieuw in het offensief, die achteruit de gang doorliep en erop stond:

'Waarom sta je erop me naar het ziekenhuis te brengen?

'Rustig maar, Blay, je hebt je vrouw daar en bovendien moet je behandeld worden en... We doen alles voor je bestwil!

Curt Hartman hield een bestudeerde pauze in en keek opnieuw naar de politie en verduidelijkte:

'Ik weet niet wat hij u heeft verteld, inspecteur. Maar ik verzeker je dat de vrouw van deze man erg bang was toen ze hem opgewonden zag en haar heel vreemde dingen vertelde. Hij begon te spreken over wezens van andere planeten, over een rode vloeistof... Wat weet ik van hoeveel onzin nog meer! Ze geloofde hem niet en toen viel hij haar aan.

"Hij liegt! Ik heb Lise niet aangevallen!

Maar inspecteur Lewis Hoffenblad had genoeg gehoord en besloot, zich tot zijn mannen wendend toen hij zag dat Blay Farrell op het punt stond te vluchten:

'Voor hem, jongens!

Blay Farrell bleef achteruit lopen om defensief te worden, maar even later moest hij wanhopig tegen deze mannen vechten. En hij zou ze hebben geslagen als de bejaarde professor Curt Hartman, die sluw achter hem stond, hem niet op het hoofd had geslagen en hem uit zijn gedachten had geslagen.

* * *

In het dwangbuis, dat bijna alle beweging verhinderde, voelde Blay Farrell zich hulpeloos. Hij lag op een bed en realiseerde zich, toen hij bijkwam, dat de muren van die kamer waren opgevuld. Rechts van hem stond een tafeltje en daarop verschillende flessen.

Er was ook een spuit en een injectienaald, om injecties te geven.

Maar wat hem het meest verontrustte, was de ontdekking van een klein flesje gevuld met een rode vloeistof die eruitzag als plasma.

Bloed!

Het verontrustte hem omdat hij hem zonder enige twijfel identificeerde met degene die hij kort had gezien in de moorddadige handen van luitenant Pat Summer, toen hij naar Lise's appartement ging om het meisje te vermoorden. Hij verschoof op het bed en hief zijn hoofd zo ver als hij kon, schreeuwend:

"Verpleegster! Voor mij! Voor mij!

Ondanks het keurslijf dat hem gevangen hield, slaagde hij erin op te staan, en toen onthulden zijn ogen een bekend gezicht. Het was professor Curt Hartman die naar hem glimlachte vanaf de achterkant van de kamer.

De twee mannen keken elkaar woedend aan, Blay Farrell met haat en de atomaire wijze met ironie en spot.

Ik lachte naar hem...

Blay Farrell herinnerde zich, en toen de oude man naar hem toe liep, vroeg hij woedend:

"Wat doe je hier in godsnaam en waarom stond je erop dat ze me in het ziekenhuis stopten?

'Ik zal al je vragen beantwoorden, Blay. Graag gedaan!

"Ik begin met te vertellen waarom ze me hier hebben neergezet.

'Je gaat een heel... speciale behandeling ondergaan, mijn vriend.

"Wat win je door te doen alsof ik gek ben?

Voordat hij antwoordde, wierp de oude man een heimelijke blik op de deur van de kamer, alsof hij wilde controleren of deze nog gesloten was. Daarna gingen zijn ogen naar de tafel om zich te fixeren op de injectieflacon met de rode vloeistof, terwijl zijn goed verzorgde handen de spuit manipuleerden en bewapenden met de injectienaald.

En hij sprak met pauze:

'Ik heb je hierheen gebracht, omdat het je uitkomt, vriend Blay. Het ga je snel goed!

"Wat ga je me injecteren? Wat is dat?" vroeg de man, gevangen in die kleren die hem niet toestonden om zich te verdedigen.

De vier leerlingen waren weer aan het boren en de oude man legde veel nadruk, toen hij fluisterde:

'Ik ga hem Life Sap injecteren, Blay! Sap van een leven dat je zal verbazen!

Een soort licht flitste in Blay Farrells hersenen, waardoor hij moest zeggen:

"Professor Hartman, u... U bent van u! Waarheid? Het is een van die Sosia's!

"Ja, mijn vriend ... En in dit ziekenhuis zijn er meerdere zoals wij.

'En waarmee gaat hij me injecteren? Is... is dit hoe ze transformeren? Zoals Pat Summer met mijn vrouw wilde doen?

'Ik zie dat je nog steeds zo slim bent, Blay. Zo is het!

En na te hebben gesproken, zittend op de rand van het bed en hem het kleine flesje rode vloeistof tonend, breidde hij uit, met een insinuerende stem:

'Je zult zien hoe lief het is! Hier is de vitale vloeistof van een Sosia! Je hebt vele jaren door de ruimte gereisd, mijn vriend! Het was niet voor jou bedoeld, maar het waren ingewikkelde dingen en ... Je moet een van ons zijn!

Hulpeloos in die kleren ergerde Blay Farrell zich aan die voogdij en alles wat professor Hartman deed. Hij keek hem aan alsof hij gehypnotiseerd was toen hij hem de spuit met die rode vloeistof zag vullen en hij riep wanhopig:

"Niet! Ik niet! HELP!

'Wees geen kind, Blay. Niemand kan je horen. Deze kamer is geluiddicht gebouwd. Zodat gekke mensen zoals jij er geen last van hebben!

"Ik ben niet gek! Je hebt ze dat laten denken!

'Het klopte... Je praatte te veel over alles wat de robot zei. Niemand op aarde ... Niemand, Blay!, moet weten dat er wezens op andere werelden zijn die een uiterlijke verschijning kunnen aannemen. Dat zou hen alarmeren, en ze zouden op hun hoede zijn!

Nutteloos worstelend in de kleren die hem aan het bed hielden, vond hij de moed om te zeggen, aangezien de naald zijn arm al naderde:

Waarom wil je hier op aarde wonen? Ben je niet goed in je wereld?

"Ja, heel goed! Maar we streven ernaar om het hele universum te domineren. En we krijgen het! We hebben geen wapens zo krachtig als jij of de intelligente bewoners van de planeet Cygni ... Maar we gebruiken hun snelle schepen om alle planeten!Zonder het te weten, dienen ze ons zelf ... En veel van Cygni's inwoners zijn al van ons!

'En hier, op aarde?

'Ook... We zijn al met miljoenen, Blay! Miljoenen!

"Niet! Dat ontken ik!

'Je kunt het ontkennen, Blay. Maar het is waar! Ikzelf, die iedereen nog steeds gelooft Professor Curt Hartman ... Ha ha ha!

Die bijna hysterische lach koelde het bloed van Blay Farrell, die diep onder de indruk was van alles wat hij hoorde.

Hoe was dit allemaal mogelijk?

"Rustig, Blay. Maak je geen zorgen! Blijkbaar zul je nog steeds Blay Farrell zijn, de uitstekende piloot die onlangs met Lise Borg is getrouwd. Je zult helemaal niets veranderen! Maar mensenbloed zal niet langer door je aderen stromen, zoals al door de mijne loopt die van een ander wezen dat hier kwam in deze kleine flesjes.

"Ik zal mijn menselijke conditie nooit opgeven! Protesteerde, hulpeloos, Blay Farrell.

'Je kunt er niets aan doen.

'Maar ik... ik ga dood! Hij gaat me vermoorden! Hij gaat me vermoorden!

'Je redeneert verkeerd, Blay... Je gaat dood, maar er zal een ander wezen in je lichaam leven.

"Een monsterlijk wezen! Sinds wanneer komen ze naar de aarde?

"Sinds de inwoners van Cygni hier zijn aangekomen met hun schepen. Het is lang geleden!

Blay Farrell herinnerde het zich. En meer dan zijn angst, kon zijn nieuwsgierigheid, zeggende:

"Zijn zij, die robots die ons vanuit Cygni sturen, degenen die jou brengen, zonder het te weten?

"Ja, mijn vriend. Ik heb het je al eerder verteld! Het zijn machines die, hoe geavanceerd ze ook zijn, ze gemakkelijk voor de gek kunnen houden. In Cygni hebben we veel van onze eigen infiltranten. Zij zijn degenen die de flesjes met het levenssap. Als we hier zijn, hoeven we het alleen maar in een menselijk lichaam te injecteren en...

Blay wist dat hij, als menselijk lichaam, zou sterven. Hij wist dat zijn fysieke envelop zou worden gebruikt voor een van die vreemde wezens om in hem te leven. Van daaruit zou hij meewerken aan zijn werk van penetratie van het ras van de Sosias.

Hoeveel menselijke wraps hebben al zo geserveerd? Welke hoge posities bekleedden ze? Welke belangrijke sites hadden ze geïnfiltreerd?

Wat was zijn echte macht op aarde?

Wat is zijn laatste einde...?

Hij had geen tijd om zoveel vragen te beantwoorden als ze in zijn gekwelde geest werden gesteld. Maar de resterende minuten van zijn leven, nog steeds de echte Blay Farrell, zou hij gebruiken om te vechten als een mens. Om te vechten zoals het een kind van de aarde betaamt.

Hij was hulpeloos, gevangen in dat pak. Maar hij had nog intelligentie over en zou die gebruiken.

In ieder geval om tijd te winnen.

"Vertel me eens, professor... Waarom heb je geen andere robots gevonden die het andere schip bemanden?

'Ze hebben ze gevonden, Blay! Maar kolonel Holtzman stuurde luitenant Pat Summer, niet wetende dat hij al een van ons was. Hij had de leiding over het injecteren van de mannen die hem vergezelden...!

En de transplantatie was klaar! Juist de zendingen kwamen in dat schip aan. Toen ze naar buiten kwamen, waren ze allemaal van ons. Begrijp je het nu?

'En wat is er gebeurd met degene die het lichaam van Pat Summer bezette? Ik zag hem verdwijnen in het appartement van mijn vrouw. Zijn lichaam veranderde in rode vloeistof, toen hij in contact kwam met degene die werd gegoten uit het flesje dat hij bij zich had.

"Dat is onze dood, Blay! Als het levenssap wordt uitgegoten voordat het het lichaam van een ander wezen binnengaat, verspreidt het zich, verspreidt het zich, kookt, kookt en wordt het uiteindelijk verteerd. Het heeft de verpakking van een ander lichaam nodig om te blijven leven !

'Wie heeft het bevlekte tapijt verwisseld?' wilde hij weten.

"US! Je had het erg druk met het flauwvallen van je vrouw.

Blay zag die handen zijn dapperen naderen om hem met de naald te steken en schreeuwde:

"Je zult nooit je doel bereiken! NOOIT!

" Je hebt het mis! We zijn niet machtig zoals jij, maar tot nu toe heeft niemand ons kunnen identificeren. We hebben het vermogen om duizend vormen aan te nemen, en dus kunnen we op alle planeten leven. In verschillende werelden! En onze grootste kracht is dat.

'Nu begrijp ik waarom je generaal Quiin en zijn gasten hebt vermoord. Omdat de robot ons over de leden heeft verteld. De jouwe!

"Ja ... In Cygni weten ze al van ons bestaan. Maar zonder ons niet te kunnen identificeren! Al zijn prachtige en geavanceerde wetenschap kan niets tegen ons.

Hij zweeg even en voegde eraan toe:

'Wie zou bijvoorbeeld vermoeden dat je niet nog steeds Blay Farrell bent, ook al ben je dat in werkelijkheid niet? Als ik het u niet had verteld, had u dan vermoed dat ik niet professor Curt Hartman was? Je zult hier genezen vertrekken van je visioenen en aanvallen van waanzin.

Je keert terug naar de Prestwich Base, maar aangezien je al een Sosia bent, een van ons ... zul je ons vanaf daar bedienen!

"Vuile zet! Het is een invasie van wormen!

'Nee, Blay: zeg liever dat het een heel slimme invasie is. De dag zal komen dat alle sleutelposities in onze handen zullen zijn en dan ...

'Wat zal er dan gebeuren, monster? riep Blay hulpeloos uit.

Hij kreeg geen antwoord, want dat wezen leunde weer naar de arm van de man, klaar om hem de injectie te geven.

Blay Farrell kon niets doen en sloot zijn ogen.

Hij deed alsof hij weigerde te geloven dat hij, zijn hele lichaam, binnenkort de schuilplaats zou zijn voor een vreemd wezen van een andere planeet.

Maar het zou zo zijn...

HOOFDSTUK XIII

De vriendelijke hand van inspecteur Lewis Hoffenblad werd uitgebreid naar de man voor hem en feliciteerde hem:

'Je was erg dapper, Blay.

De jonge piloot glimlachte ook, maar het was om af te wijzen:

"Geloof het niet... Het was verschrikkelijk! Ik voelde dat...

"Ik begrijp wat hij op dit soort momenten zou voelen, maar hij had het lef om ruzie te maken met de nepprofessor Curt Hartman en zo... Dat gaf ons veel aanwijzingen!

'De waarheid, inspecteur. Ik wist niet dat ze microfoons in die kamer hadden geïnstalleerd om alles op te nemen wat daar werd gesproken.

'Des te meer reden voor mij om je te feliciteren, Blay. Ik deed het omdat, op een bepaalde manier, hoewel ik ook dacht dat je gek was, vanwege alles wat je ons vertelde, ik geïntrigeerd was door de interesse van professor Hartman om je in het ziekenhuis op te nemen en...

Hij maakte een gebaar met zijn handen en zei als om zich te verontschuldigen:

'Weet je, Bla! Zo zijn agenten! We vermoeden in de regel van alles!

"Worden ze allemaal gelokaliseerd?' wilde de jonge piloot weten.

" O ja!

"Is het erg moeilijk om het te krijgen?

" In tegenstelling! Het enige dat nodig is, is een bloedtest. Dit is hoe ze worden opgejaagd!

Een minuut lang zwegen de twee vrienden, totdat Kapitein Farrell wilde specificeren:

'Hoeveel tot nu toe, inspecteur?

"Nou, ongeveer zes miljoen... Natuurlijk overal verspreid.

'Ook onder onze officieren?

"Ook. Zij waren de favorieten, voor hen. Maar grote voorzichtigheid is betracht. Districten zijn afgezet, gezondheidsteams zijn onverwachts opgedoken en ... Aan het werk! Niemand kan ontsnappen: vanaf nu zal het een kwestie van naaien en zingen.

Blay Farrell herinnerde het zich weer en huiverde bijna toen hij zei:

'Nog één minuut om die kamer binnen te gaan... En ik ben mezelf niet op dit uur, inspecteur!

"We waren voorbereid. Ik zou je nooit laten injecteren, Blay. Alles wat we hadden gehoord was genoeg.

Het was moeilijk om weg te komen van dit hete onderwerp, maar de politieman vond het verstandig om te vragen:

" En zijn vrouw?

"Het is in orde: het arme ding is er niet achter gekomen dat ook zij is uitgekozen om te worden geïnjecteerd.

"Ik ben blij: jullie hebben allebei recht op het geluk dat jullie nu te wachten staat.

Blay Farrell glimlachte, maar kondigde aan:

"Er wacht ons ook veel werk, Lewis. Wij behoren tot degenen die het Grote Project moeten starten.

'Je bedoelt de reis naar de planeet Cygni proberen?

"Dat is.

'Goed avontuur! Dat moet nog een heel eind zijn.

'Dat is waar, maar... ik zal het je zeggen, Lewis. De aarde dankt haar bestaan aan de wezens die die wereld bevolken. Ze conditioneerden de elektronische hersenen in hun robots om ons te waarschuwen voor het bestaan van de Sosia's. Anders ... hoe zouden we erachter zijn gekomen?

'Ja, Blay, maar... Hoe kom je daar?

'Kom je schepen hier niet aan?

"Zeker. Maar aangedreven door robots!

"Wij kunnen hetzelfde doen. De zaak is om in contact te komen. Aan de andere kant zullen we veel vooruitgang boeken door de mechanismen van hun ruimteschepen te kopiëren. Eeuwenlang sturen ze hun UFO's en leveren ze een gigantische inspanning. Nu is het onze beurt.

De politieagent glimlachte weer toen hij zeer tevreden zei:

"De waarheid is dat we de strijd tegen die Sosia's hebben gewonnen.

"Zeker; hier op aarde zijn ze gelokaliseerd en verslagen, maar de strijd moet doorgaan, mijn vriend. Je weet al dat ze kunnen overleven in welk lichaam ze ook gebruiken! Daarom zijn we geïnteresseerd in constante communicatie met de bewoners van Cygni. Tussen hen en ons, overal in het universum waar ze zich bevinden ... Ze zullen worden bestreden!

'Ik vertrouw het menselijk ras, Blay. En ik vertrouw zoveel omdat, zolang er mannen zoals jij zijn, van je moed en moed ... De aarde zal hetzelfde blijven!

Bedankt Lewis.

* * *

De twee liepen hand in hand onder een sterrennacht, toen ze naar de zwarte lucht keken en naar een van de verre lichtgevende punten staarden, fluisterde de vrouw:

'Denk je dat Cygni onze boodschap zal begrijpen, schat?

Blay Farrell staarde ook in het oneindige en antwoordde:

"Natuurlijk, Lise. En vanaf nu wordt het heelal kleiner!

'Wat als we het niet krijgen?

"We blijven het proberen!

Ze liepen zwijgend verder, totdat de vrouw het opnieuw verbrak door te zeggen, in de loop van haar gedachten:

"Soms vraag ik me af waarom de mensheid in haar lange geschiedenis altijd heeft moeten vechten.

'Stel jezelf nog een vraag, schat.

'Welke, Blay?'

'Zouden de intelligentie en de menselijke geest niet slapen als het niet zo was?

De vrouw dacht na, alvorens toe te geven:

"Ja, ik denk van wel.

"De grote doelen worden bereikt door te werken en alle obstakels te overwinnen. En net zoals de gewassen beter zijn als het land eenmaal van het onkruid is ontdaan, zullen toekomstige veroveringen van de ruimte vruchtbaarder en beter zijn als intelligente wezens de Sosia's verslaan of de bewoners van andere verre planeten, die deze constante evolutie naar hogere planeten proberen te onderbreken. doelen.

Lise keek naar haar man, onderbrak haar mars om hem te omhelzen en haar hoofd op zijn mannelijke borst te laten rusten, fluisterend:

'En ik ben erg trots op je, Blay. Dat ben ik, want jij bent een van die uitverkorenen!

Hij kuste haar.

En misschien schenen de sterren, vanaf hun verre afstanden, een ogenblik helderder in de harmonie van het heelal.

EINDE

94